KB065471

노래의 시대

노래의 시대

인문학의
프리즘으로
들여다본
대중가요

서영처 지음

∴ 목차

3장 떠돌며 생각한다, 그대를

∴ 프롤로그

옛날의 노래, 다시 불러주오

모든 감각의 근원은 소리이다. 노래는 미세한 진동, 떨림에서 시작한다. 노래는 정제된 음이며 인식의 음이다. 마음의 진동에서 시작되어 성대의 떨림으로 나타나 구강을 울리며 몸 밖으로 퍼져나간다. 노래는 마음의 가장 깊숙하고 후미진 곳까지 침투해서 존재의 의미를 확인시킨다.

"태초에 말씀이 있었다"라는 대명제를 통해 알 수 있듯이 신은 음성을 통해 자신을 드러냈다. 최초의 소리는 어둠 속에서 들려왔다. 이렇듯 내부적 조건이 어두울수록 내면의 울림은 더 커진다. 노래는 마음의 반향이다. 우리가 노래를 부르고 즐기며 노래에 마음을 싣는 것은 이처럼 창조 원래의 음향적 실체를 지니고 있기 때문이다.

노래는 창조의 산물이지만 세월이 흐르면서 시대의 산물이 되었다. 노래는 노래의 문체와 문법을 통해 한 시대를 살아온 사람들의 삶의 방식과 생활 태도, 그 시대의 정신과 기호를 반영한다. 노래는 시대의 감정을 극대화한 것으로 한 시대의 기쁨이고 슬픔이었으며, 절망이자 위안이었다. 시대의 환부를 어루만지고 치유해 나간 것도 노래이다. 시대를 풍미했던 온갖 사건과 사연들이 노래 한곡으로 수렴되기도 한다. 그러한 점에서 노래는 요약이며 통찰이다.

현대는 대중이 중요한 의미를 가지는 시대이다. 대중은 과거의 우리들이며 현재의 우리들이다. 이 책은 이러한 점에 의의를 두고 다양한 취향을 가진 다양한 형태의 대중이 오랫동안 애창했던 노래들을 다루고자 한다. 유행가에서 가곡, 동요에 이르기까지, 〈눈물 젖은 두만강〉 〈동백아가씨〉에서부터 〈매기의 추억〉 〈언덕 위의 집〉 〈고향의 봄〉에 이르기까지, 남녀노소, 지식고하를 막론하고 전 국민에게 널리 불리어지던 노래들을 고루 들여다보려 한다.

대중들이 즐기던 노래는 주로 사랑과 이별, 꿈과 이상, 추억과 그리움을 다루는 노래들이었다. 이러한 보편적인 주제들이 향유되었다는 것은 이것이야말로 삶의 중요한 요소들이며, 이러한 요소들을 자기 식으로 표현하고 수용한 대중의 경험과 의식에 주목할 필요가 있다는 점을 시사한다. 노래는 한 시대의 체험과 감수성을 보여주는 것이며 그 시대인의 가슴에 흐르는 공통분모를 드러내는 것이다. 또한 대중의 생활사 변천과 그 속에 숨어 있는 중요한 사회적 의미와 맥락들을 짚어낸다. 따라서 이 책은 노래를 통해 당대 대중의 욕망을 탐구하고 노래와 연관된 시대적 특수성과 개연성을 필자만의 독특한 시각으로 찾아가고자 한다.

노래는 대중의 정서와 심리에 조응하며 사회적 공용어 역할을 해왔으며 대중들의 삶에 상당한 영향력을 행사해 왔다. 여기서 다루는 노래들은 대부분 평범한 가사와 단순한 곡조로 이루어져 있다. 하지만 이 평범과 단순성 속에는 시대를 초월하는 삶의 원형과 원리, 대중들의 세계 인식 태도가 반영되어 있다. 또한 시대를 풍미했던 노래들은 생활사적 역사적 배경이 어우러진 깊은 울림의 진원지를 가지고 있었다. 이 책은 이러한 진원지에서 울려 나온 감동과 위로, 여운의 실체를 따라가고자 한다.

노래는 생활에 밀착한 서민의 보편적인 문화양식이다. 척박한 사회적 조건 속에서 힘든 삶을 영위하면서도 노래를 통해 꿈과 희망을 제시하고 풍요로운 미래상을 창조했다는 점에서 노래는 현실을 이겨나가려는 적극적인 몸부림이었으며, 공동체적 이상을 지향하는 구심점 역할을 하였다. 가난이 풍요의 바탕이 되었듯이 이러한 노래 또한 오늘날 수준 높은 대중문화 예술의 바탕이 되었다. 설사 그것이 외국 민요라 하더라도 우리의 삶 구석구석에 스며들어온 것으로 이미 한국화 되어버린 노래들이다. 이처럼 노래는 경계를 넘어선다. 노래는 국경과 종교, 인종을 넘어서서 분리되어 있는 사람들을 하나로 만든다.

노래는 개인의 기억과 추억을 지배하는 것이지만 동시에 공동체의 기억과 추억을 지배하는 것이다. 지나간 한 시절의 노래, 초라하지만 추억 속의 노래라는 점에서 이제는 이 노래들을 통해 그 시대를 한번쯤 돌아보고 규정해야 할 때가 되었다. 노래는 오랫동안 진지한 연구의 대상이나 구체적인 인식의 대상이 되지 못하고 변방에 머물러 있었다. 일반적이고 대중적인 장르인 노래를 통해 지난 시대를 새롭게 반추하고 정리해본다는 점에서 이 책의 의의는 자못 크다고 하겠다.

#1장

사랑했던
그때
그 순간

#그 집 앞

오가며 그 집 앞을 지나노라면/그리워 나도 몰래 발이 머물고
오히려 눈에 띌까 다시 걸어도/되 오면 그 자리에 서졌습니다
오늘도 비 내리는 가을 저녁을/외로이 이 집 앞을 지나는 마음
잊으려 옛날 일을 잊어버리려/불빛에 빗줄기를 세며 갑니다

그 집 앞을 지나노라면 이따금 기타 소리가 담을 넘어 들려왔다. 형제가 나란히 앉아 치는 기타 이중주 〈알람브라 궁전의 추억(Recuerdos de la Alhambra)〉. 궁전은 멀리 스페인 안달루시아 지방에 있지만, 트레몰로(tremolo) 연주는 찰랑이는 정원의 물결과 분수에서 떨어지는 음표 같은 물방울들을 지나가는 사람의 얼굴에 날려 보내며 가본 적도 없는 생판 낯선 알람브라 궁전의 아련하고 눈부신 환상을 들려주었다. 1980년대는 기타를 못 치는 대학생

이 없었다. 학생회관에서 친구와 점심을 먹고 근처 못가에 앉아 있으면 삼삼오오 모여 기타를 치는 공대생들이 수두룩했다. 다들 솜씨도 좋았다. 기타 소리에 맞춰 제비가 물 위를 스쳐 지나가고 잔잔한 물결이 파문을 일으켰다.

〈그 집 앞〉은 1933년 이은상이 작사하고 현제명이 작곡한 가곡이다. 〈그 집 앞〉의 가사를 음미하다 보면 왠지 소월의 시들이 생각난다. "그립다 말을 할까/하니 그리워//그냥 갈까/그대로/다시 더 한번…/저 산에도 까마귀 들에 까마귀/서산에는 해진다고/지저귑니다(「가는 길」 부분)." "못 잊어 생각이 나겠지요/그런대로 한 세상 지내시구려/사노라면 잊힐 날 있으리다//못 잊어 생각이 나겠지요/그런대로 세월만 가라시구려/못 잊어도 더러는 잊히오리다(「못 잊어」 부분)." "먼 후일 당신이 찾으시면/그때에 내 말이 잊었노라//당신이 속으로 나무라시면 무척 그리다가 잊었노라//그래도 당신이 나무라시면/믿기지 않아서 잊었노라(「먼 후일」 부분)."

시에서건 노래에서건 반복이 만들어내는 리듬은 아름답다. 삶이 일상 반복의 연속이듯이, 〈그 집 앞〉도 단순한 멜로디, 4분음표만으로 이루어진 반주의 리듬과 반복되는 화성이 화자의 주저와 망설임의 정을 가지런히 질서화하면서 반복의 미학을 펼쳐낸다. 이런 단순함과 반복은 소박함을 강조하고 연민의 정을 더욱 진하게 풀어내는 측면이 있다. 한데 왜 그 집 앞을 눈에 띄지 않게 지나야만 했을까. 여러 차례 다시 가면서도 왜 아무런 말도 행동도 취하지 못 했을까. 그 시대엔 모두 수동적이고 자기표현이 서툴렀던 것일까. 그 심정을 알 듯도 하지만 이것을 그냥 그리움이라고 얼버무려 표현하기엔 가슴이 너무나 답답하다.

더구나 2절엔 가을비가 내리고 있다. 제법 굵은 빗줄기 속을 화자는 우산도 없이 가고 있다. 가을비는 화자의 눈물을 감추는 중요한 장치가 되고 있다. 한때 우리나라에도 꽤 알려졌던 그룹 아프로디테스 차일드(Aphrodite's Child)의 노래 〈Rain and Tears〉에도 이런 가사가 있다. "Rain and tears are the same 비와 눈물은 같은 거예요/But in the sun you've got to play the game 하지만 태양 아래선 감춰야 하죠/When you cry in winter time 겨울철에 울 때도/You can't pretend it's nothing but a rain 그것이 단지 빗물이라고 속일 수는 없어요." 프랑스 시인 아폴리네르의 시 「언덕」에도 이런 구절이 있다. "울고 울고 또 울어보자/달이야 보름달이건/까짓 초생달이건/울고 울고 또 울어보자/햇볕에서는 참 많이도 웃었다니까."

남자라고 왜 울고 싶은 마음이 없을까. 하지만 남자는 절대 울면 안 된다는 통념 때문에 눈물을 참으려 애쓰는 마음을 속 편하게 펑펑 우는, 심지어 눈물을 무기로까지 삼는 여자가 어떻게 알 것인가. 한데 노래의 행간을 자세히 들여다보면 어쩌다 그 집 앞을 지나간 것이 아니라 자기도 모르게 저절로 발길이 그 집을 향하고 있다. 마치 다리에도 뇌가 달린 것처럼. 간절한 그리움의 표현이지만 한편 그렇게 함으로써 어느 정도 스스로 심리적 안정을 이루며 자기위안을 삼으려는 행위이다.

사실 이 노래가 이처럼 갑갑해 보이는 이유는 궁핍한 시대현실이 반영되어 있기 때문이다. 가난하고 자유가 없는 현실은 식민지인을 소심하고 소극적으로 만들어갔다. 자신감과 결단력, 자기 감정처리 능력이 부족한 것은 어쩌면 그 시대인들의 공통적인 모습이기도 하였다. 따라서 이 노래는 결핍의 시대, 구김살 많던 우리 정서의 바닥을 흔들며 공감을 자아냈다. 하지만 지금은 모든 것이 풍요로운 시대이다. 누구도 자기표현을 억제하거나 머뭇거리지 않는다. 이 시대에는 더 이상 억압받던 시대의 소극적이고 소심한 정서를 통해 공감을 기대하기는 어려운 것 같다.

1964년 제작된 뮤지컬 영화 〈마이 페어 레이디(My Fair Lady)〉는 버나드 쇼(Bernard Shaw)의 희곡 《피그말리온(Pygmalion)》을 원작으로 했다. 길거리에서 꽃을 파는 처녀 오드리 헵번이 교육을 통해 우아한 숙녀로 변신한다는 이야기이다. 이 영화의 OST 중 영국판 〈그 집 앞〉이라 할 수 있는 〈On the Street Where You Live〉의 밝은 정서가 지금의 우리에게 더 맞다.

내가 늘 다니는 이 거리는 I have often walked, Down the street before

여느 때의 평범한 거리였지만 But the pavement always, Stayed beneath my feet before

순간 나는 깜짝 놀랐어요 All at once am I, Several stories high

내가 서 있는 이곳이 당신이 사는 동네라는 걸 알고 Knowing I'm on the street where you live

다른 동네에도 이렇게 라일락이 피나요 Are there lilac trees in the

heart of town?

다른 동네에도 이렇게 종달새가 지저귀나요 Can you hear a lark in any other part of town?

경제가 발전하고 삶이 윤택해지면서 한국인의 성격은 자기표현이 분명한 외향성으로 바뀌어갔다. '전 국민의 연예인화'라는 말이 나올 정도로 공개적인 자리에서도 거리낌없이 노래와 춤, 장기 자랑을 펼치는 사람들이 많다. 따라서 눈물과 한이 주를 이루던 노래들은 공감대 형성이 어려워지면서 서서히 사라져 가고 있다. 하지만 이 노래가 1933년, 상실의 시대에 만들어진 것을 감안한다면 '그 집'의 의미 표상을 고향이나 그 이상의 것으로 확대시켜도 괜찮지 않을까.

현제명은 대구 계성학교 재학 시절 제일교회에서 성가대 활동을 하면서 음악적 소질을 키웠다. 지금 대구에서는 그의 노래비(그 집 앞) 건립을 두고 이견이 많다. 그의 친일 행적 때문이다. 현제명은 일제 말기 총독부 산하 문예단체에 가입하였으며 대동아제국 건설을 지지하는 성명을 발표하기도 했다. 한 예술가의 공·과에 대한 평가는 분명 필요하다. 과거사에 대한 엄정한 판단 또한 필요하다. 하지만 진실은 사료만을 가지고 판단하기에 충분할 만큼 그리 단순하지가 않다. 사실 한국 근대음악사에서 홍난파와 현제명의 이름을 빼고 나면 아무런 이야기가 이루어지지 않는다. 언젠가 평론가 김윤식 선생이 친일 작품에 대해 이런 말을 한 적이 있다. "우리에게는 우리의 필연이, 그들에게는 그들의 필연이 있다"고.

"우물쭈물하다가 내 이럴 줄 알았지!"라는 유명한 묘비명을 남긴 영국의 극작가이자 비평가 버나드 쇼(위)와 길거리에서 꽃을 파는 아가씨가 교육을 통해 신분 상승을 이루는 내용으로, 인간이 가져야 할 존엄성의 가치에 관해 이야기하는 그의 희곡 《피그말리온》을 원작으로 한 뮤지컬 영화 〈마이 페어 레이디〉(아래)

대학 시절 오케스트라 수업을 함께하던 착실한 남자 후배가 어느 날 묻지도 않았는데 자기는 현제명의 〈그 집 앞〉이라는 가곡을 제일 좋아한다고 했다. 우리는 느닷없는 그의 말을 들으면서 의미심장하게 웃었다. 아마 이 남자가 누군가를 향해 애잔하고 절절한 마음을 오랫동안 품은 적이 있나 보다 하면서. 누구나 마음속 깊은 곳에 숨겨둔 〈그 집 앞〉이 있을 것이다. 주위를 배회하며 망설이다가 용기가 없어 사랑을 놓친 애잔한 사연들을 그 시대까지만 해도 이 노래가 대변해주었다. 지금도 망설이며 잠 못 이루는 젊음들이 있을 것이다. 하지만 상대의 마음을 간단하게 확인할 수 있는 소통의 도구들이 수없이 많다. 그리고 이 시대의 청춘들은 불가능한 상대를 오래 마음에 품는 일을 어리석은 집착이라고 치부한다. 궁금하다. 경북 안동의 어느 고등학교에서 음악을 가르치고 있다는 그가 지금도 여전히 이 노래를 애창하고 있는지.

사랑의 찬가

한마디 말이 그토록 남용되었기에

내가 더 남용할 수 없습니다

한마디 말이 그토록 멸시되었기에

당신이 더 멸시할 수도 없습니다

-셸리,「한마디 말이 그토록 남용되었기에」 중

셸리(Shelley)의 시를 읽으며 한 세기 전에도 사랑이라는 말이 이토록 자주 남용되었다는 사실에 놀란다. 누구나 자신의 사랑은 특별하다. 그렇기 때문에 정화된 유일한 언어로 표현하고 싶어 한다. 하지만 사랑이라는 단어는 예나 지금이나 온갖 사기꾼과 거짓말쟁이, 바람둥이 들의 입에 오르내리면서 오염되어 버린 지 오래이다. 진정성과 진실성은 휘발되고 세속성만 남은 가벼운 말을 쓰고 싶

셸리는 '바이런' '키츠'와 함께 낭만주의의 대표적인 시인으로 평가받고 있다

지 않아서 '사랑한다'는 말을 극도로 자제하는 사람들도 있다.

오래전 파리에 들른 적이 있다. 그나마 드골 공항 근처에서 1박을 하고 경유해 가는 비행기였다. 우리 일행은 파리의 밤을 놓치고 싶지 않아 마이크로버스를 빌려 시내로 나갔다. 에펠탑과 샹젤리제를 거쳐 센 강 유람선을 탔다. 기분을 내고 싶어 언뜻 생각나는 유일한 불어로 인사를 했다. "봉쥬르!" 건너편에서 뜻밖의 부드러운 답이 돌아왔다. "봉수와르!"

자다 깬 아이가 낯선 곳에 도착한 마냥 파리의 모든 것이 실감나지 않았다. 여기가 꿈에 그리던 도시, 파리가 맞나? 유람선은 미라

보 다리와 퐁네프 다리를 지났다. 알렉상드르3세 다리와 노트르담 사원을 지났다. 센 강둑에는 껴안고 키스하는 연인들이 가득했다. 그냥 그랬다. 별 감흥 없이 배에서 내렸다. 파리의 여름밤은 쌀쌀했다. 그때 어디선가 아코디언 소리가 바람에 실려 왔다. 〈파리의 하늘 아래(Sous le Ciel de Paris)〉. 갑자기 형언할 수 없는 감동이 밀려왔다. 여기가 파리구나! 두리번거리며 소리의 출처를 찾았지만 찾을 수 없었다. 에펠탑과 센 강, 샹젤리제 등 밤의 파리를 돌아다녔지만 파리의 참모습을 느끼게 해주는 것은 샹송이었다. 적어도 내게는 그랬다. 파리의 노래가 파리의 진짜 모습을 보여주었다.

샹송은 12세기 음유시인 트루바두르(troubadour)에서 유래한다. 귀족이나 기사 계급인 이들은 여러 지역을 편력하거나 궁정을 방문하여 작시와 작곡을 했다. 하지만 연주는 종글뢰르(jongleur)라는 직업 음악가들을 고용해서 하였다. 이들은 주인이 만든 노래를 적절히 개작하여 낭만적이고 서정적인 연가들을 연출하였다. 트루바두르의 샹송은 지금까지 수천 편의 시와 수백여 곡의 노래로 남아 있다. 16세기에는 거리의 악사들이 퐁네프 다리를 중심으로 활동하였다. 거리의 음악은 퐁네프 다리에서 몽마르트르의 카페로 다시 물랭루주의 뮤직홀로 자리를 옮기면서 어느새 파리를 상징하는 음악이 되었다.

샹송의 가사는 한편의 시라고 해도 과언이 아니다. 멜로디나 가사를 깊이 음미해야 한다. 샹송은 유행 따라 왔다가 바람처럼 사라지는 노래가 아니다. 세월이 가도 바래지지 않는 삶의 진실을 노래 한 곡에 다 담고 있다. 해서 시는 어느새 노래가 되었고 노래는 어느덧 파리 사람들의 인생이 되었다.

> 푸른 하늘이 우리들 위로 무너지고
> 모든 땅이 꺼져버린다 해도
> 당신이 나를 사랑한다면
> 그런 건 아무래도 좋아요
> 당신의 사랑이 있는 한
> 내게는 대단한 일도 아무 일도 아니에요

20대에는 에디트 피아프(Edith Piaf)의 노래가 들리지 않았다. 나이를 먹어가며 인생의 온갖 괴로움을 경험하면서 그녀의 목소리가 서서히 들려오기 시작했다. 호소력 짙은 음색, 가슴으로 파고드는 절절한 감성은 적어도 마흔은 되어야 제대로 느낄 수 있는 것 같다. 어쩌면 그녀의 노래처럼 하늘이 무너지고 땅이 꺼져버려도 사랑하는 사람만 곁에 있으면 되는 것 아닌가. 엄숙하고 엄중한 목소리로 그녀가 사랑에 대해 한번 내린 정의는 쉽게 바꾸기가 어려울 것 같다. 1923년 작 소월의 시에는 이미 이런 구절이 있었다. "해가 산마루에 저물어도/내게 두고는 당신 때문에 저뭅니다.// 해가 산마루에 올라와도/내게 두고는 당신 때문에 밝은 아침이라고 할 것입니다.// 땅이 꺼지고 하늘이 무너져도/내게 두고는 끝까지 모두다 당신 때문에 있습니다."

에디트 피아프의 삶은 순탄하지 못했다. 빈민가에서 태어나 거리의 가수가 되었고 샹송 가수로 인기를 얻었지만 살인사건에 말려드는가 하면 네 번의 교통사고를 겪었으며, 화려한 남성 편력의 주인공이 되어 환희와 절망 속을 오갔다. 47년의 짧은 생을 마치기까지 결혼과 이혼을 반복하였고 술과 마약에 빠져 자살을 시도하며 고독 속에서 오래도록 방황하였다. 하지만 상처받은 영혼에서 터져 나오는 폭발적인 가창력은 대중을 사로잡았다. 〈거리의 여자 마리(Marie-Trottoir)〉 〈사랑의 찬가(Hymne à L'amour)〉 〈장밋빛 인생(La Vie en Rose)〉 〈파담파담(Padam Padam)〉 〈후회하지 않아(Non, Je Ne Regrette Rien)〉 등은 그녀의 사랑과 방황이 낳은 명곡이며 그녀의 뜨거운 삶을 압축한 노래라 할 수 있다.

샹송의 여왕으로 추앙받는 에디트 피아프의 무덤.
그녀를 기억하고 추억하는 팬들의 선물과 꽃들로 가득하다

〈사랑의 찬가〉는 비행기 사고로 죽은 연인을 위해 부른 노래였다. 미들급 권투 챔피언 마르셀 세르당(Marcel Cerdan)은 아이가 셋 달린 유부남이었지만 이들은 곧 사랑에 빠졌다. 뉴욕 공연 중이던 에디트 피아프는 사랑의 재촉을 하고, 급히 만나러 오던 세르당은 비행기 사고로 대서양에서 추락사한다. 오랫동안 실의와 자탄에 빠져 있던 에디트 피아프는 마침내 그와의 사랑을 담은 노래를 들고 다시 대중 앞으로 나온다. 애틋한 사연이 담겨 있기 때문일까. 〈사랑의 찬가〉는 마음 깊숙이 침투해 영혼을 흔드는 호소력이 있다.

하지만 이도 잠시 에디트 피아프는 이브 몽탕(Yves Montand)을 만나 새로운 사랑에 빠진다. 〈장밋빛 인생〉은 그들의 장밋빛 사랑을 노래한 곡이었다. 사랑에 빠지면 천국을 엿볼 수 있다고 한다. 하지만 그들의 천국 또한 오래 가지 못했다. 사랑은 자석처럼 사람을 끌어들이고 불타오른다. 하지만 어떤 것보다 차갑게 식는 것이기도 하다. 로맹 롤랑(Romain Rolland)은 이런 말을 했다. "인생은 장미꽃을 깔아놓은 탄탄대로가 아니다"라고. 중학생 때 이 말을 연습장 속표지에 적어놓았다. 나의 인생만은 장미꽃을 깔아놓은 탄탄대로가 될 것이라 확신하며.

철없는 여자들은 장밋빛 인생을 꿈꾼다. 분에 넘치는 상대를 만나 눈부신 귀부인으로 환골탈태 하는 막연한 꿈. 이것을 진부한 낭만이며 의존심리라고 잘라 버리기엔 이 시대의 삶이 너무 삭막하다. 당의정이 몸에 좋지는 않지만 때로는 필요하듯이, 신데렐라 콤플렉스 또한 보통 사람들에게 살아갈 용기와 희망을 심어준다. 진짜 비극은 이마저도 사라진 곳에서 나타난다.

페리 코모의 노래 〈And I love You So〉에는 이런 구절이 있다. "The book of life is brief 인생이란 책은 간단해요 / And once a page is read 일단 한 페이지가 읽혀졌을 때 / All but love is dead 사랑만 남을 뿐, 나머지는 없어요 / This is my belief 나는 그렇게 믿어요." 나도 그렇게 믿는다. 이 살벌한 경쟁 시대에 사랑으로도 위로받지 못한다면 얼마나 불행한 삶이 될 것인가. 사랑이 없으면 존재 가치도 하락한다. 사랑은 삶에 대한 질문이며 자기 자신에 대한 질문이다. 사랑이야말로 인생의 중대사이며 온갖 문제의 근본적인 해결책이 될 수 있다. 더 많이 사랑하는 것 이외에는 달리 답이 없다.

셀 수 없이 왜곡되고 남용되었다 해도 사랑이라는 말만큼 의미있는 말은 없을 것이다. 전 세계인이 가장 많이 쓰는 단어가 사랑이라고 한다. 9·11 테러 현장에서도 죽어가는 사람들이 남긴 메시지는 하나같이 '사랑'이었다. 아무튼 다시 파리로 날아가서 거리의 악사가 부르는 사랑 노래를 듣고 싶다. 광장과 거리의 모퉁이를 돌아다니며 귓전을 따라와 맴도는 노래들을 오래도록 음미하고 싶다. 밤거리를 쏘다니다가 들어와서는 불을 끄고 프레베르(Jacques Prévert)의 시를 외며 파리의 밤 풍경을 내려다보고 싶다. 더 늦기 전에 당신과.

어둠 속에서 세 개의 성냥개비에 하나씩 불을 붙인다
처음 것은 당신의 얼굴을 보기 위해

두 번째 것은 당신의 눈을 보기 위해

마지막 것은 당신의 입술을 보기 위해

그리고 어둠 속에서 당신을 꼭 껴안는다

이 모든 것을 기억하기 위해

-쟈크 프레베르,「밤의 파리」

남자는 배, 여자는 항구

한국인의 회식 문화에는 술이 빠지지 않는다. 취했다 하면 2차 노래방 행은 필수이다. 노래방은 음주에 가무를 더할 수 있는 보다 자유로운 장소이다. 한국인의 회식 문화에서 음주와 가무는 떼려야 뗄 수 없는 중요한 요소가 된지 오래이다. 함께 술을 마셨는데 노래방에 가지 않고 헤어진다면 뭔가 서운한 마음을 감출 길 없다. 『삼국지 위서 동이전(三國志 魏書 東夷傳)』에도 동이(東夷)들은 가무를 즐겼다고 하니 고대로부터 노래와 춤을 즐기는 문화는 한국인에게 깊이 각인되어 있는 유전인자인 것 같다. 요즘은 클래식 분야에서도 한국 성악가들이 세계 무대에서 약진을 하고 있다.

노래방에 가면 예나 지금이나 변함없이 인기 차트에 올라가 있는 곡 중의 하나가 심수봉의 〈남자는 배 여자는 항구〉이다. 속되고 진부하지 그지없는 제목인 것 같은데 노래를 부르다 보면 구구절절 가사의 맥락이 주는 진실에 고개를 끄덕이지 않을 수 없다.

언제나 찾아오는 부두의 이별이
아쉬워 두 손을 꼭 잡았나
눈앞에 바다를 핑계로 헤어지나
남자는 배 여자는 항구
보내주는 사람은 말이 없는데
떠나가는 남자가 무슨 말을 해
뱃고동 소리도 울리지 마세요

남녀의 사랑은 동서고금을 막론하고 인간의 삶에서 가장 흥미로운 주제이자 소재이다. '하룻밤에 만리장성을 쌓는다'라든가 '베갯머리송사' '경국지색' 등의 속담과 고사에 담긴 뜻은 음미할수록 의미심장하다. 남자와 여자 사이에 사랑이 싹트면서 만들어지는 역사는 아름답고 찬란하다. 사랑한다는 자체가 의미 있는 행위이며 인류를 존속시켜 주는 가장 의미 있는 사건이기도 하다.

하지만 남녀의 사랑만큼 변질되기 쉬운 것도 없다. 믿음과 신뢰로 쌓아 올린 사랑이 오해와 의심으로 하루아침에 깨어지기도 하고 미움과 시기, 질투와 증오가 순수한 한 영혼을 망치기도 한다. 남녀 사이에 사랑이라는 너울을 쓴 탐욕과 비리가 개입하면 이 관계는 재앙과 죽음의 온상으로 변할 수 있다. 한 나라의 역사가 순식간에 막을 내리기도 한다.

세상의 온갖 유행가들이 남녀의 사랑을 노래하고 있다. 영화든

소설이든 CF든 사랑이라는 소재가 빠지면 흥미가 떨어진다. 웬만한 고객센터에 전화를 걸어도 수화기에서 "고객님, 사랑합니다"라는 상냥한 목소리가 들려온다. 부처님도 자비를 말하고 예수님도 사랑을 강조했다. 하지만 사랑만큼 흔하고 진부한 것도 없다. 도처에 사랑이라는 말이 이 시대보다 더 넘치는 때가 있었는지 모르겠다. 천지사방에서 사랑을 외치지만 그것은 그만큼 진짜 사랑이 없다는 사실을 방증하고 있는 것인지 모른다.

〈남자는 배 여자는 항구〉를 흥얼거리다 보면 이 노래가 고려시가 「서경별곡(西京別曲)」의 전통을 그대로 이어받고 있다는 생각

대중가요에서 '항구'는 이별의 장소이다. 가수 심수봉의 대표곡 〈남자는 배 여자는 항구〉는 미련 없이 떠나는 남자와 원망하면서도 기다리는 여자의 이야기를 배와 항구로 비유하였다

이 든다. 흔히 대중가요에서 항구나 포구, 공항은 만남의 장소가 아니라 이별의 장소로서 기능한다. 「서경별곡」 또한 대동강을 앞에 두고 이별하는 연인의 이야기가 펼쳐진다. 떠나는 연인을 붙잡아 보지만 자신의 힘으로는 어찌할 수 없는 이별 앞에서 여자는 남자가 만나게 될 또 다른 여인을 질투하는 안타까운 모습을 보인다. 남자에 대한 원망으로 사공을 탓하거나 아직 일어나지도 않은 일을 예단하며 조바심치는 모습은 이 시대를 사는 사람이 읽어도 가슴이 답답하다. 그 시대나 이 시대나 남녀의 사랑이란 그저 좋기만 한 일차적인 감정이 아니라 복잡 미묘하게 얽히고설킨 실타래 같은 것이라는 말이다.

사실 남녀의 사랑은 단순하게 정리될 수 없는 부분들이 많다. 사랑이라는 미명 아래 조바심, 집착, 원망, 미련, 질투 같은 온갖 부정적인 감정이 개입되어 요동치기 때문이다. 괴테(Goethe)는 이런 말을 했다. "배는 항구에 있을 때 가장 안전하지만 그것이 배의 존재 이유는 아니다"라고. 그 말에 전적 동의한다. 원래 수컷은 자신의 DNA를 퍼뜨리기 위해 최선을 다하도록 만들어졌다. 불투명한 인생 항로 속에서도 수컷은 끊임없는 모험을 시도한다. 진화생물학자 리처드 도킨스(Richard Dawkins)도 『이기적 유전자(The Selfish Gene)』에서 남자는 배, 여자는 항구라는 식의 비유를 하고 있다. "그 정자는 수백만의 거대한 함대를 이루는 작은 배들 가운데 한 척이었고, 배들은 일제히 당신의 어머니 쪽으로 노를 저어 들어갔다. 이 특별한 정자는 당신 어머니의 난자 중 하나에 도달한 소형 선대 중 유일한 하나의 정자였다. 이것이 당신이 지금 존재하는 이유이다."

흔히 남녀를 태양과 달, 불과 물, 양과 음, 세계와 집, 배와 항구 등으로 설정한다. 전자는 능동적이고 후자는 수동적이다. 전자는 변화를 추구하고 후자는 안정을 추구한다. 전자는 끊임없이 새로운 것들을 탐색하려 하고 후자는 안주하려 한다. 남녀 관계란 크게 보면 이 두 가지 상반된 요소들의 길항 속에 놓여 있다고 해도 과언이 아니다. 조물주는 남녀가 영원히 의견 일치를 보지 못하고 평행선을 그으며 살아가도록 다른 사고방식과 행동방식을 심어놓았다. 이러한 부조화와 혼돈이 우리가 사는 세계의 구조이기도 하다.

개항기 일본의 나가사키에는 혼혈인들이 많았다. 푸치니(Puccini)의 오페라《나비부인(Madam Butterfly)》은 바로 이 시기에 일어난 이야기를 다루고 있다. 신비로운 동양의 항구에 정박한 서양인의 눈에 비친 게이샤의 모습은 분명 그들의 동양 판타지를 부추기고 남음이 있었다. 그러나《나비부인》도 사랑과 이별, 배신과 죽음이라는 진부하고 통속적인 줄거리를 조금도 벗어나지 않는다. 알고 보면 인간의 삶에서 이보다 더 드라마틱하고 흥미로운 소재가 어디 있겠는가.

해방 전후와 1950~1960년대에 나왔던 우리나라 대중가요에는 마도로스와 항구를 소재로 하는 노래들이 많았다. 거기에는 새로운 항구를 찾아 모험을 떠나는 멋쟁이 마도로스의 이야기가 펼쳐진다. 항구마다 새로운 여성들과 만나 사랑하고 이별하는 이야기들은 그 시대 남성들의 멋이고 풍류였다. 그것은 당시에 유행했던 이발소 그림처럼 영혼은 없으나 가볍고 경쾌하고 멋진 인생에 대한 대리체험이기도 했다.

마도로스 노래들은 대체로 남성들의 유토피아를 보존해나가려는 특징을 보인다. 이러한 노래는 아무것도 가진 것 없는 황폐한 시대였지만 대양을 누비며 항구마다 새로운 여성과 사랑을 나누고 싶던 당시 남성들의 호방하고 유치한 환상을 마도로스의 노스탤지어로 표방해 그려낸 것이다. 그 시대는 정박하는 항구마다 여자를 두고 싶은 남성들의 공허한 욕망을 대중가요라는 사회적 차원으로 그려내도 별 문제가 되지 않던 시대였다. 어쩌면 대양에 대한 이러한 막연한 꿈이 원양어업이나 해운 대국의 큰 포부를 마련하게 된 계기가 되었는지 모른다.

1900년대 일본 나가사키에서 있었던 실화를 바탕으로 한
오페라《나비부인》의 오리지널 포스터.
이탈리아가 낳은 최고의 작곡가 자이코모 푸치니의
3대 걸작 오페라 중 하나로 손꼽힌다

실제로 1960년대 이후 우리나라는 원양어업에 본격적으로 진출하였고 이것은 달러 획득원으로서 경제발전의 초석을 다지는 역할을 하였다. 하지만 대양의 기지마다 한국계 혼혈아들이 생겨나고, 한국 남성들이 그곳을 떠나면서 이들에 대해 하등 책임을 지지 않자 사회적 문제가 발생하기 시작하였다. 남태평양의 작은 섬나라 키리바시(Kiribati)는 이런 문제가 심각해지자 한국 어선의 정박을 한동안 금지하기로 결의한 적도 있다.

대중가요는 한 시대를 살아온 대중의 공통적 사고와 의식을 가감 없이 그대로 드러낸다. 〈남자는 배 여자는 항구〉는 '떠나는 남자/남는 여자, 미련 없는 남자/원망하는 여자, 돌아오지 않는 남자/기다리는 여자' 등의 통속적인 주제를 통해 남녀의 전통적인 성 역할을 노골적으로 꼬집으며 대중의 마음을 사로잡았다. 그러고 보면 남녀의 사랑과 이별, 그 사이에서 발생하는 의심과 날카로운 질투, 조바심, 미련, 집착 등의 미묘한 감정은 시대가 바뀌어도 변함이 없는 것 같다. 그렇다고는 하지만 "아주 가는 사람이 약속은 왜 해/눈멀도록 바다만 지키게 하고/사랑했었단 말은 하지도 마세요"라든가 "쓸쓸한 표정 짓고 돌아서서 웃어버리는, 남자는 다 그래"에 오면 씁쓸하고 허전한 감정을 지울 길 없다. 노래는 끝까지 남녀가 다르면서도 상호보완적인 존재라는 말을 하지 않는다.

시절인연이라는 말이 있다. 모든 인연에는 오고 가는 시기가 있다는 뜻이다. 굳이 애쓰지 않아도 만날 인연은 만나고 만나지 못할 인연은 만나지 못한다는 말이다. 헤어짐도 마찬가지. 인연이 거기까지이기 때문이다. 사람이든 재물이든 영원히 머무르는 것은 없다. 하지만 우리가 이것을 몰라서 발버둥 치며 사는 것은 아니지 않는가. 남자와 여자, 만남과 이별, 선과 악, 진실과 거짓, 물질과 정신, 부와 가난, 우리 보통 인간들은 어쩔 수 없이 이런 이분법의 세계에 갇혀 한 치 앞을 모르고 아등바등 살아가고 있는 것이 아닌가.

얼마나 울었던가, 동백 아가씨

헤일 수 없이 수많은 밤을

내 가슴 도려내는 아픔에 겨워

얼마나 울었던가 동백 아가씨

그리움에 지쳐서 울다 지쳐서

꽃잎은 빨갛게 멍이 들었소

〈동백 아가씨(한산도 작사, 백영호 작곡)〉는 1964년 당대 최고의 배우 신성일과 엄앵란이 주연을 한 영화 〈동백 아가씨〉의 주제가였다. 서울서 내려온 대학생과 사랑을 맺고 임신하게 된 섬마을 아가씨가 떠나간 남자를 찾아 서울의 거리를 헤매다가 생계를 위해 어쩔 수 없이 동백 카페의 여급이 되는 사연을 담고 있다. 그러던 어느 날 꿈에도 잊지 못하는 남자를 다시 만나게 된다. 하지만 그는 이미 유학을 마치고 귀국하여 단란한 가정을 이루고 있었다. 동백 아가씨는 아이를 남자에게 보내고 섬으로 돌아간다. 요즘 TV드라마가 주로 재벌가 인물과 평범한 일반인, 이도 너무 흔해서 왕과 미천한 신분의 여자가 나누는 뜨거운 사랑 이야기로 시청자의 주목을 끌듯이, 당시는 대학생이나 유학생과 평범한 여자의 사랑 이야기로 대중의 흥미를 끌었다. 이것은 사회적 신분 차이로 인한 여러 가지 갈등을 조장하고 동시에 해피엔딩이 가져올 신분 상승에 대한 막연한 기대감을 일으킬 수 있는 극적인 요소를 지니고 있었기 때문이다.

전설이 된 이미자의 노래 〈동백 아가씨〉는 영화 〈동백 아가씨〉를 위해 급조한 노래였다. 하지만 영화가 상영되자마자 관객의 반응은 뜨거웠다. 영화와 노래는 서로 시너지 효과를 일으키면서 몇 달간 연속 상영되었고, 노래는 35주 동안 가요 베스트 1위를 차지하였다. 상처를 남기고 떠난 남자에 대한 미련과 한이 19세 신인 가수 이미자의 애절한 목소리에 담겨 힘든 시대를 살아가던 대중의 마음을 흔들어놓았다.

1960년대는 6·25의 상처가 고스란히 남아 있던 시절이었다. 당시 우리나라 국민소득은 세계 최빈국 수준이었다. 미국의 농산물 원조로 끼니를 연명하던 비참한 시대, 〈동백 아가씨〉는 이루어질 수 없는 사랑이라는 흔하고 신파적인 줄거리를 통해 전쟁의 후유증과 가난으로 한이 많은 서민들의 애환을 달래주었다. 그리움에 지쳐서 울다가 지쳐서 가슴이 동백꽃처럼 붉게 멍이 든다는 가사는 당시 열악한 조건 속에서 온갖 어려움을 감내하고 살아가던 대중에게 상당한 호소력으로 다가갔다. 순박한 섬 처녀의 수동적이고 순종적인 모습, 돌아서면서도 차마 잊지 못하는 주인공의 태도는 가슴 깊이 묻혀 있던 상처와 응어리들을 흔들어내면서 눈물의 대 정화 작용을 일으켰다. 대중은 〈동백 아가씨〉의 전통적이고 희생적인 여성상에 열광했다. 더구나 아름다운 여성이 겪는 인고와 희생의 삶은 종교에 가까운 감동을 주면서 사회 전체가 그러한 희생을 통해 구원의 길에 이르게 되기를 막연히 갈망했다 해도 과언이 아니었다.

여기에는 남성 중심의 가부장적인 사고가 짙게 배어 있다. 당시만 해도 여성의 희생은 갸륵하고 당연한 일이었다. 또한 남자는 강해야 하기 때문에 울어도 안 되고 지나치게 기쁜 표시를 내는 것도 허용되지 않았다. 희생하고 우는 역할은 모두 여자의 역할이었다. 남자의 보호를 받아야 마땅한 여자가 보호는커녕 세파에 내동댕이쳐지면서도 끝까지 희생을 감수하는 모습을 보며 관객들은 주인공의 심정이 되어 그간 억눌러 왔던 한과 슬픔을 털어냈다. 〈동백 아가씨〉는 사는 일에 바빠 잊고 지냈던 자기애를 자극하는 노래였다. 이 시대는 눈물의 시대였다. 따라서 대중가요는 대중을 울려야 성공할 수 있었다. 〈동백 아가씨〉는 일본어로도 번역이 되어 나갔으며, 클래식을 즐기던 대학가에서도 이 노래를 듣는 기현상이 일어나 기사화될 만큼 대단한 인기를 누렸다.

1966년 발매한 〈섬마을 선생님(이경재 작사, 박춘석 작곡)〉 또한 〈동백 아가씨〉와 비슷한 줄거리를 보여준다. 〈섬마을 선생님〉은 라디오드라마의 주제가로 섬마을에 온 총각 선생님과 그를 사모하는 섬 처녀의 사랑 이야기를 담고 있다. '해당화' '섬마을' '총각 선생님' '섬 색시' '순정' 등의 키워드는 사랑에 웃고 우는 섬 처녀의 애절함을 단적으로 보여준다. 바다 건너 멀리 고립된 섬과 대도시 서울의 사회적·심리적 거리, 두 사람의 계층적 격차는 이들의 사랑이 좌절될 수밖에 없다는 사실을 인지시켜 준다. 한때 이 노래는 전국 교육대학과 사범대학의 교가라 불릴 정도로 교대와 사대 남학생들의 사랑을 받았다. 드라마처럼 아름다운 낙도에서 어여쁜 섬 처녀와 한번쯤 로맨스를 꽃피우고 싶은 것이 그 시대 남학생들의 은밀한 욕망이었는지 모른다. 총각 선생님과 섬 처녀의 이야기는 사랑을 이루지도 잊지도 못하는 애달픈 이야기로 대중의 심금을 울렸다. 이러지도 저러지도 못하는 소극성과 좌절이야말로 이 시대의 정서이자 미덕이었다. 이것은 일제강점기 트로트의 체념의 미학을 그대로 물려받은 것이라 할 수 있다.

해당화 피고 지는 섬마을에
철새 따라 찾아 온 총각 선생님
열아홉 살 섬 색시가 순정을 바쳐
사랑한 그 이름은 총각 선생님
서울엘랑 가지를 마오 가지를 마오

〈동백 아가씨〉와 〈섬마을 선생님〉은 둘 다 권위적인 남성 문화에 따르는 순종적인 여성을 내세우고 있다. 이들은 일편단심으로 한 남자를 사랑하고 그 사랑을 이루기 위해 인내한다. 하지만 애초부터 이들의 사랑은 대학을 졸업한 서울 남자와 배운 것 없는 낙도의 처녀라는 신분 차이에 의해 이루어질 수 없는 것이었다. 결국 남자는 떠나가고 여자는 남는다. 애원이나 자학, 자기연민으로 이야기는 끝이 난다. 이별로 막을 내리는 처절한 사랑의 몸부림을 보며 대중은 그간 억눌러 두었던 눈물의 정한을 속 시원히 풀어냈다. 이미자 특유의 애잔하고 감칠맛 나는 목소리 또한 대중의 가슴 깊숙이 파고들어 상처와 아픔을 자극하고 위로하였다.

영국의 시인 존 던(John Donne)은 "인간은 눈물로 가득 찬 스펀지"라고 했다. 과학적으로도 '액체로 채워진 것이 인간'이다. 대중가요에서 눈물은 주로 말초적 감각을 자극하기 위한 수단으로 쓰인다. 눈물은 표피적이고 근거 없는 슬픔, 자기애 혹은 자기도취일 경우가 대부분이다. 그러나 대중은 눈물이라는 통속적이고 육체적 체험을 통해 매번 살아 있는 감각의 순간을 느낀다. 이러한 체험의 저변에는 개인이 겪어 온 삶의 온갖 서사가 깔려 있게 마련이다.

〈동백 아가씨〉와 〈섬마을 선생님〉은 사랑과 신분 차이의 문제를 결합시켜 이야기를 만들어가는 동력으로 삼았다. 대졸자가 드물던 당시 섬 처녀의 이루어질 수 없는 사랑은 대다수 평범한 사람들의 상처를 건드리며 눈물을 촉발시켰다. 눈물 이야기는 작품성이 떨어지는 경우가 대부분이지만, 당의정을 입힌 달콤 씁쓸한 이야기에 대중은 한없이 뭉클하고 시큰해지는 경험을 하였다. 두 작품 모두 진부한 주제, 덧없는 내용에 불과하였지만 대중은 자신들의 감정을 이입하여 카타르시스를 체험하였다. 이것이야말로 대중음악의 진정한 미학이라 할 수 있다.

그 시절 많이 읽었던 작품 중에 알렉상드르 뒤마(Alexandre Dumas fils)의 『춘희(椿姬)』가 있다. 원제는 『동백 아가씨(La Dame aux Camélias)』이다. 마르그리트는 화류계 여성으로 항상 동백꽃을 꽂고 다녀 '춘희'로 불린다. 마르그리트 역시 건실한 부르주아 청년과 사랑에 빠지지만 신분 질서의 벽을 극복하지 못하고 사랑의 상처로 죽어간다. 이 작품은 작가가 연극으로 개작하였고, 베르디(Verdi)가 연극 대본을 바탕으로 《라 트라비아타(La Traviata)》라는 오페라를 만들어 큰 성공을 거두었다. 화류계 출신의 아름답고 헌신적인 여성과 부르주아 청년의 이루어질 수 없는 사랑, 폐병, 죽음 등은 19세기 낭만주의의 주제와 실체를 충실히 드러내 보여 주었다.

폐병에 걸린 마르그리트가 흰 손수건에 토해내는 피는 동백꽃보다 더 붉었으리라. 동백은 서서히 시들어가는 꽃이 아니라 일순간 모가지가 꺾여 핏덩이처럼 땅으로 툭, 툭, 떨어져 내리는 꽃이다. 붉은 색은 에로스의 본능을 보여주지만 동시에 죽음의 본능으로 기울어지는 모순을 드러낸다. 에로스의 극치는 죽음이다. 섬마을 처녀와 마르그리트의 사랑은 에로스와 타나토스의 모순을 드러내면서 사랑이 희생을 통해 죽음이라는 한계를 넘는다는 낭만주의식 초월과 불멸성을 보여준다.

이미자의 〈동백 아가씨〉와 알렉상드르 뒤마의 『동백 아가씨』는 에로티시즘이 추구하는 낭만과 조화로운 세계를 내포한다. 소극적인 여성 주인공을 내세워 현실에서는 이룰 수 없는 사랑을 정신의 세계에서 이루고자 하는 미덕이 그것이다. 에로티시즘은 본능

GRAN TEATRO LA FENICE

Per la sera di Domenica 6 Marzo 1853. Recita XLI

PRIMA RAPPRESENTAZIONE DELL'OPERA NUOVA

LA TRAVIATA

Dopo l'Opera avrà luogo il gran Ballo in cinque Atti composto e messo in Scena dal Coreografo sig. A. MO TICINI.

LA LUCERNA MARAVIGLIOSA

1853년 《라 트라비아타》의 초연 포스터(위)와 1980년대 《라 트라비아타》의 공연 모습. 주세페 베르디의 대표작으로 뒤마의 소설 『춘희』를 바탕으로 만들었다. 《라 트라비아타》는 한국에 처음 소개된 유럽 오페라이며, 전 세계 관객에게 가장 많은 사랑을 받는 오페라 중 하나이다

적이고 육체적인 세계에 속하는 것이지만 인생의 가치와 의미를 묻는 정신적인 세계와 직접적으로 연결된다.

대중가요에서 여성이 드러나는 방식은 남성 중심의 사회가 부과한 타자로서의 여성성에서 거의 벗어나지 못했다. 대중가요는 서러움이나 한, 정서적 무력감을 보여주는 가장 손쉬운 방법으로 여성적 감성을 채용하였다. 떠나가는 남성과 버림받는 여성이라는 도식화된 사랑의 형태 속에는 오로지 한 사람을 향한 기다림, 눈물, 지고지순함 등 영원한 주변인으로서의 여성이 단적으로 드러난다.

뉴욕주립대 스토니브룩 캠퍼스와 캘리포니아 대학 합동 연구팀이 영화나 드라마를 보며 우는 사람들을 연구하였다. 이들은 유전적으로 민감한 감각을 가져 보통 사람보다 작은 자극에도 예민하게 반응하고 깊게 공감한다. 또 뇌로 향하는 혈류가 보통 사람에 비해 눈에 띄게 빠르다고 한다. 아마 이 시대 한국인들이 그랬던 것 같다. 집단 전체가 어려운 환경 조건 속에 놓여 있었기에 주인공의 슬픔을 자기 일처럼 느끼며 눈물이라는 자극에 누구보다 민감하게 반응하였다.

〈동백 아가씨〉와 〈섬마을 선생님〉은 왜색이며 천박하다는 이유로 당시 군사정권에 의해 금지곡이 되었다. 신파적인 상투성과 퇴폐성이 혁명정부의 눈에 거슬렸다고 볼 수 있다. 하지만 대중의 뜨거운 반응은 식을 줄 몰랐다. 심지어 노래를 금지한 박정희 의장조차 사석에 이미자를 초대하여 노래를 들었다는 뒷이야기가 남아 있다. 〈동백 아가씨〉에 대한 시비는 왜색이나 신파에 대한 문제 제기라기보다는 1965년 한일국교정상화 이후 국민 감정을 무마시키고 역사적 주체성을 찾고자 하는 이중 의식에서 출발한 것이라고 볼 수 있다.

〈동백 아가씨〉와 〈섬마을 선생님〉은 3·15부정선거, 4·19혁명, 자유당정권 붕괴, 5·16쿠데타 등 짧은 기간 내 역사적 대변혁을 겪은 암울한 사회가 만들어낸 산물이었다. 또한 연약한 여성을 내세워 상처와 한의 재확인 같은 낭만적 센티멘털리즘을 통해 1960년대 산업화와 근대화 과정에서 낙오된 자들과 낙후된 지역의 비애와 절망을 드러냈다. 이미자 또한 애절한 목소리로 대부분 낙오자일 수밖에 없던 대중의 심금을 울리며 그들의 심정을 위로하였다. 트로트의 신화가 된 〈동백 아가씨〉와 〈섬마을 선생님〉, 대중예술로서 나름의 자기완성을 이루었다.

나의 사랑 클레멘타인

한때 〈클레멘타인(Oh My Darling Clementine)〉은 우리 국민의 애창곡이었다. 소풍이나 동창회, 회식 자리 등에서 툭하면 노래 부르라 하고, 벌칙으로 노래를 주문하는 나라는 아마 우리나라뿐일 것이다. 클레멘타인은 이런 어색한 자리에서 가장 만만하고 편하게 부를 수 있는 노래였다. 다장조, 3/4박자, 보통빠르기의 쉽고 단순한 곡이어서 클레멘타인을 모르는 국민은 없었다. 이 노래는 누가 가르쳐주지 않아도 저절로 알게 되는 노래였다. 제목만 〈클레멘타인〉이었지 외국 민요라는 생각이 전혀 들지 않는, 마치 원래부터 우리 노래였던 것처럼 온몸으로 친숙하게 스며드는 노래였다.

1849년 골드러시 직후 미국 서부 캘리포니아에는 황금에 눈이 먼 포티-나이너(forty-niner)들이 구름같이 몰려들었다. 이들은 일확천금을 꿈꾸며 직장까지 팽개치고 캘리포니아 중부 새크라멘토로 몰려왔다. 그러나 열악한 환경과 가혹한 노동 속에서 영양실조로 목숨을 잃는 사람들이 부지기수였다. 이들이 애써 캐낸 황금도 대도시 자본가들의 배만 불려줄 뿐이었다. 클레멘타인은 서부 개척 시대의 험한 환경 속에서 딸을 제대로 챙기지 못하고 잃어버린 한 광부의 회환을 담은 것으로, 포티-나이너들의 자조 섞인 노래였다.

광맥을 찾아 헤매던 사나이에게
클레멘타인이라는 딸이 있었네
사랑스런 클레멘타인,
세상에서 영원히 떠나버렸네
불쌍한 클레멘타인,
날마다 아침 9시 물가로 오리 떼를 몰고 갔네
어느 날 나무뿌리에 발이 걸려 거품 이는 수렁에 빠져버렸네

클레멘타인이 한국에 전해진 것은 3·1운동 직후, 일제의 문화정치에 의해 서구 문화가 급속히 흘러들어오던 때였다. 이 곡은 대구 출신의 작곡가 박태준의 형인 박태원(1897~1921년)이 원 가사를 한국인의 정서에 맞게 번안했다. 흔히 이 박태원을 『소설가 구보 씨의 일일』『천변 풍경』 등을 쓴 소설가 박태원으로 알고 있는데 이것은 심각한 오해이다. 박태원은 대구 계성학교를 졸업하고 평양 숭실학교와 연희전문학교를 다녔다. 음악을 전공하지 않았지만 서울 YMCA 음악회에 수차례 독창자로 출연할 만큼 음악에

1849년 골드러시 직후 미국 서부 캘리포니아로 구름같이 몰려들었던
포티-나이너들

조예가 깊었다. 박태원은 유학 생활 중에도 틈틈이 대구에 내려와 제일교회를 중심으로 합창 활동을 하였으며, 수많은 미국 민요와 가곡을 우리나라 말로 번역·번안하였다. 가장 대표적인 곡이 〈클레멘타인〉 〈올드 블랙 조〉 〈스와니 강〉 등이다. 나직하고 단순한 가락이 반복되는 이 노래는 마치 우리 노래처럼 편하게 느껴진다. 노래를 부르다 보면 한없는 쓸쓸함이 다가온다.

넓고 넓은 바닷가에 오막살이 집 한 채

고기 잡는 아버지와 철모르는 딸 있네

내 사랑아 내 사랑아 나의 사랑 클레멘타인

늙은 아비 혼자 두고 영영 어디 갔느냐

넓고 넓은 바닷가에 오막살이 외딴 집이 있다. 그곳에는 고기 잡는 아버지와 철모르는 딸, 단 두 식구가 살고 있다. 어머니의 존재는 어디에서도 찾아볼 수 없다. 이들에게 망망대해는 자유를 부여하는 가능성의 공간이 아니라 가뜩이나 왜소한 부녀의 존재를 더욱 위축시키는 불안정한 공간이다. 광활하지만 단절된 공간이며 거칠고 넓은 세계 속에 내던져진 부녀를 더욱 초라하게 만드는 배경이 되고 있다. 어쩌면 이것은 일제강점이라는 거대한 시대 상황 아래 놓인 식민지인의 운명을 은유적으로 보여주는 것이기도 하다.

더구나 자식이라고 있는 것이 대를 이어갈 아들도 아닌 딸이라니. 딸의 존재는 아무것도 기약할 수 없는 이 집안의 적막감을 더욱 강조하고 있다. 흔히 오막살이는 방 한 칸, 부엌 한 칸의 초라한 집을 말한다. 오막살이에는 마루 대신 봉당이라는 공간이 있었다. 신발을 벗는 댓돌이 놓여 있는 공간이다. 봉당 아래에는 심지 않아도 철마다 채송화, 맨드라미, 봉숭아 같은 것들이 알아서 피고 졌다.

클레멘타인은 어머니가 존재하지 않는 결손의 상태를 보여준다. 흔히 고향을 소재로 하는 노래에서 아버지는 가사에 드러나지 않는 경우가 많다. 그렇다고 해서 이것이 아버지의 부재를 뜻하는 것은 아니다. 하지만 영원한 동경으로 나아가는 고향에 어머니가 없다는 사실은 심각한 결핍의 상태를 나타낸다.

'홀아비 삼년에 이가 서 말, 과부 삼년에 쌀이 서 말'이라는 속담이 있다. 아마도 가장 측은해 보이는 가족 구조가 홀로 된 아비가 딸을 키우는 형태일 것이다. 딸을 먹이고 입히며 사는 꼴이 엉성하고 어설프기 그지없었을 것이라는 짐작이 절로 든다. 부녀의 모습 또한 측은지심을 불러일으키는 몰골이었을 것이다. 어머니의 부재는 유년기의 부재를 말한다. 나아가 모태로 상징되는 토지와 고향을 잃어버린 식민지 대중의 체험을 의미화한 것이라고도 할 수 있다. 아버지가 농부가 아니라 고기 잡는 어부라는 사실에서 이것은 더욱 현실적으로 드러난다.

한데 그도 모자라 성장한 딸마저 어디론가 떠나버린다. 홀로 남은 아비의 신세는 처량하기 짝이 없다. 가부장적 세계에서 아버지는 질서의 상징이지만 그의 권위는 가족 구성원이 충족되었을 때만 발휘되는 것이다. 가족을 모두 잃은 아버지에게서는 어떤 권위도 위엄도 찾아볼 수 없다. "늙은 아비 혼자 두고 영영 어디 갔느냐"에 나타나는 아비의 탄식은 처절하기 그지없다. 박태원은 이러한 가사를 통해 시대 전횡에 휘둘려 붕괴된 가족과 힘없는 부권을 보여주면서 중심을 잃어버린 식민지의 역사적 조건을 총체적으로 드러내고 싶었던 것 같다. 그래서 온 국민이 오랫동안 이 노래에 깊이 공감할 수 있었는지 모른다.

원 가사에서도 클레멘타인은 수많은 광부들이 사모하는 미인이었다. 사실 미인이 아니라면 노래의 주인공이 될 수도 없다. 대중은 미인의 비련에는 주목하지만 그렇지 않은 여자의 박명에 대해선 관심을 두지 않는다. 미인박명의 이야기를 다룬 토마스 하디(Thomas Hardy)의 소설 『테스(Tess of the D'Urbervilles)』에는 이런 구절이 나온다. "아름다움에는 대가가 따르기 마련이다." 알렉이 테스에게 하는 말이다. 사실이 그렇다. 남달리 아름다운 여자가 가난하거나 착하거나 배경이 없다거나 하면 가혹한 운명의 장난을 피하기가 어렵다.

클레멘타인 역시 미인에 홀아비의 딸이라는 조건 속에서는 박명할 수밖에 없었다. 이 노래는 이런 비애를 달래는 노래였다. 인류의 역사는 아픔과 슬픔의 역사이다. 인간은 비극적 요소를 감지할 때 감동을 느낀다. 잔잔하면서도 느릿느릿 반복되는 리듬과 가락은 마음을 진정시키고 무언가를 회상하게 만들며 자기 위안의 기능을 발휘한다. 이것이 〈클레멘타인〉이 가지는 힘이다. 해서 사람들은 오래전 아름다웠던 한 여인의 비극을 불러내며 지금도 이 노래를 아이들에게 자장가로 들려주고 있는지 모른다.

〈클레멘타인〉은 1946년 헨리 폰다가 주연한 영화 〈황야의 결투(My Darling Clementine)〉의 주제곡이 되면서 전 세계로 급속히 퍼져나갔다.

구차한 것이든 비루한 것이든 진실한 감동을 주는 것은 아름답다. 죽은 아이를 껴안고 부르는 미친 여자의 자장가나 예수의 시체를 무릎에 안고 있는 성모의 모습은 처참한 감정을 불러일으킨다. 미칠 수밖에 없는 참척의 슬픔을 당해보지 않은 사람은 알 수 없다. 이것은 절망과 연민이라는 일차적 감정을 넘어서서 허무한 삶의 한 단면을 보여주며 인생 전체에 대한 통찰을 담아낸다. 〈클레멘타인〉 같은 노래를 자장가로 들려주는 부모들 또한 자기도 모르게 이러한 미학을 온몸으로 체득하고 있는 것이 아닌가 싶다. 하지만 행복하고 안정된 감정을 먼저 느껴야 할 아이에게 고단하고 서글픈 인생철학을 일찌감치 들려주는 것이 과연 맞는 일인지는 생각해볼 필요가 있다.

〈클레멘타인〉은 해방 후에도 널리 불리어졌다. 쉽게 가난을 벗어날 수 없던 시절, 노래에 나타난 고달픈 삶의 맥락은 일찌감치 학업을 접고 오빠나 동생들의 뒷바라지를 하며 가장 노릇을 하던 윗세대 여성들의 삶과 별 다를 바 없었다. 그래서 가난과 결핍의 체험은 가족 내의 의미로서만 국한되지 않고 보다 공동체적인 의미로 확대되었으며, 〈클레멘타인〉은 어느새 우리 모두의 클레멘타인이 되어 가슴 언저리에 자리 잡게 되었다.

예술은 끊임없이 낡고 힘없고 약한 것들 쪽으로 지향성을 보인다. 삶은 무거울수록 더욱 진지해지고 참된 것이 된다. 그래서 가난했지만 진정성 있던 날들의 노래가 아련하게 그리워지는 것일까.

자장가, 가장 진실한 연가

할머니가 부르던 자장가가 생각난다. 할머니는 한일강제합병 즈음에 태어나 1980년대 초에 돌아가셨다. 순흥 안씨 집안에서 시집온 할머니의 성함은 시자 덕자. 딸로 태어났다고 젖도 물리지 않은 채 윗목에 며칠이고 밀쳐놓았다. 그런데도 아기는 죽지 않고 꿈틀거리고 있었다. 오뉴월이라 씻기지 않은 갓난아기의 몸에 시가 슬었다. 그래서 시덕이가 되었다. 시는 경남 지방 사투리로 구더기를 말한다. 참으로 끔찍한 여성의 잔혹사이지만 할머니는 아무렇지 않게 이야기하셨다. 그 시절 그런 일은 흔하고 당연한 것이었으니까. 우리가 그 시대를 어떻게 함부로 재단하겠는가. 길쌈 솜씨가 좋았다는 할머니는 논마지기깨나 있는 달성 서씨 집안으로 시집을 와 아들만 연이어 넷을 낳았다. 그랬으니 당신이 겪은 설움 같은 것은 일찌감치 날려버리고 남음이 있었다. 이 노래는 막내 동생을 업고 부르던 할머니의 노래이다.

> 자장 자장 자장 자장 우리 아기 잘도 잔다.
>
> 앞집 개도 짖지 마라 뒷집 개도 짖지 마라.
>
> 동네 사람들아, 우리 아기 복주고 귀염 받고 잘도 잔다.

흔히 아기를 재울 때는 등에 업고 다독거리거나 요람에 뉘어 흔들어 재운다. 천천히 흔들리는 등이나 요람은 엄마 뱃속의 따뜻한 양수와 환경이 비슷하다. 어쩌면 잔잔한 물 위에 떠다니는 배의 흔들림이나 그네의 흔들림과도 비슷할 것이다. 이따금 아이를 따라 놀이터에 가서 그네를 타곤 했다. 초여름 저녁의 부드러운 바람을 맞으며 그네를 타다 보면 잔잔한 바람과 그네의 흔들림이 뭔가 모르게 위로가 되고 위안이 되었다.

아이를 키워본 엄마라면 늦도록 눈을 말똥말똥 뜨고 안 자는 아기를 위해 온갖 자장가를 다 불러본 경험이 있을 것이다. 밤이 이슥하도록 〈슈베르트의 자장가〉 〈모차르트의 자장가〉 〈브람스의 자장가〉 〈잠의 여신〉 〈조슬란의 자장가〉 〈김대현의 자장가〉 등 아는 자장가란 자장가를 다 불러도 아기는 성에 차지 않는지 자지 않고, 지친 채 아기와 꼬박 밤을 새운 경험이 있을 것이다.

자장가는 반복적이고 자연스러운 선율과 낮은 음역이 좋다. 그런 면에서 〈조슬란의 자장가〉는 음역의 변화와 도약이 심해 자장가로 부르기보다는 예술 가곡으로 감상하는 편이 맞을 것 같다. 자장가는 허밍으로 부르는 것도 좋은 방법이다. 엄마는 로렐라이처럼 세상에서 가장 매혹적인 노래로 아기를 깊은 잠의 바다에 빠뜨린다. 어느새 아기는 안정감을 느끼며 평화로운 잠의 바다를 유영한다. 자장가를 들으며 아기는 정신적 일체감과 만족감을 얻는다. 엄마를 자신의 일부로 생각한다. 엄마 또한 자장가를 부르며 대지의 품과 같은 충만한 기쁨을 느낀다. 자궁은 모든 의식의 뿌리가 시작되는 바다이다. 아기들은 이 원초적인 고향을 떠올리며 일생일대의 가장 만족스럽고 행복한 시간을 보낸다.

네 살 무렵이었다. 시골이라 전기도 들어오지 않은 때였다, 혼자 집을 지킬 수 없어 수요일 밤 예배에 부모님을 따라다녔다. 커다란 방석에 누워 있다 보면 어느새 어른들의 찬송가 소리에 가물가물 잠이 들곤 했다. 민요조의 느린 애원성으로 부르는 찬송가는 자장가나 다름이 없었다. 지금도 가장 좋아하는 찬송가는 어릴 적 잠결에 듣던 느리디느린 곡들이다. 아버지의 넓은 등에 업혀 돌아오던 밤길, 잠결이지만 높은 나뭇가지에 얹힌 듯 커다란 보폭에 흔들리던 느낌을 지금도 기억한다.

아버지는 나를 번쩍 들어 올려 자전거에 앉히고 읍내로 자주 나가셨다. 원피스로 갈아입고 아버지의 자전거에 타는 날은 주로 치과에 가는 날이었다. 울퉁불퉁한 자갈길을 따라 달리면 엉덩이가 너무 아팠다. 어느 날인가는 가기 싫은 마음에 엉덩이가 아파서 못 가겠다고 했더니 "이빨이 고르게 나야 한다"고 하셨다. 그 말이 지금도 생각난다. 단지 그 한 마디뿐, 다른 말은 없었다.

세상의 어떤 사랑도 어린 자식에 대한 부모의 사랑만큼 순수하고 계산 없는 사랑은 없을 것이다. 자장가는 아기를 도닥거리고 쓰

"예술가의 고통은 명작의 탄생에 꼭 필요한 자양분이다"라는 말이 무색할 만큼
타고난 재능에 유복한 환경이 더해져 존경과 영광을 누린
독일의 음악가 펠릭스 멘델스존

다듬어주며 너를 사랑하고 또 사랑한다고 고백하는 연가이다. 연인을 향해 뜨거운 마음을 호소하며 숨 막힐 듯 열정적으로 부르는 연가도 많지만 아기를 위해 부르는 엄마나 아빠의 자장가보다 더 진실하고 아름다운 연가는 세상에 없을 것이다.

한동안 멘델스존(Felix Mendelssohn)의 〈무언가(無言歌)〉를 연습한 적이 있다. 그 중에서도 자장가(op.67)는 무한한 영감을 불러일으키는 곡이었다. 가사가 없는 기악곡(피아노곡)이라 연습을 하다 보면 온갖 상념들이 머리를 스치고 지나갔다. 왼손의 깊이 있는 화성과 오른손의 부드러운 멜로디는 지치고 굳어 있는 몸과 마음을 위로하며 새로운 꿈을 꿀 수 있도록 도닥거려 주었다. 때로는 악보 사이에 숨어 있는 손길이 나를 부드럽게 어루만져 주기도 하였다. 위로가 필요할 때마다 피아노 앞에 앉아 멘델스존의 자장가를 쳤다. 자장가는 아이들만을 위한 노래가 아니었다. 자장가는 한참 나이 들어버린 '옛날 아이'에게도 안정과 영속의 보금자리인 엄마의 품과 따뜻한 손길과 냄새를 제공해 주었다.

한때는 모든 스트레스를 잠으로 풀곤 했다. 휴일엔 늦잠을 자고도 모자라 늦은 점심을 먹고 또 잤다. 자고 나면 세상이 두루 편해지고 다시 살만한 의욕이 생겼다. 하지만 세월이 흐를수록 잠을 자지 못하는 날이 늘고 있다. 하지만 햇빛 속을 걷거나 차를 운전하다 보면 나른한 졸음이 몰려온다. 햇빛의 수면호르몬과 차의 흔들림이 심신을 편안하게 만들어 잠을 불러오는 것이 아닌가 싶다.

몇 년 전 머리 수술을 받고 중환자실에서 만 하루를 보냈다. 건너편 침상에서는 숨이 넘어가는 환자와 지켜보는 가족들의 흐느낌이 들려왔다. 환자가 숨을 놓는 순간, 참지 못하고 터져 나오는 비명에 가까운 울음소리를 들었다. 생사가 갈리는 숨 가쁜 곳이었다. 그곳에는 장기 입원한 노인 환자가 있었다. 2월 초순, 툭하면 이불을 걷어차서 간호사가 덮어주러 오는 할아버지 환자. 하지만 간호사가 돌아서면 또 다시 걷어차 버리곤 했다. 아마도 관심을 끌려고 일부러 이불을 걷어차고 수척한 다리를 앙상하게 드러내놓고 있는 듯했다. 참다못한 간호사가 다시 와서 이불을 덮어주며 다짐을 받고 있었다. "할아버지 이불 걷어차면 안 된다 했지요?" "알아요? 몰라요?" "몰라요." "이제 다시 걷어차면 안 돼요. 알았지요?"

"몰라요."

고개를 움직여 그쪽을 쳐다보았다. 분위기가 무거운 중환자실에서 할아버지는 네댓 살짜리 아이가 되어 간호사에게 꾸지람을 듣고 있었다. 20대의 젊은 간호사가 유치원생을 다루듯 할아버지를 어르고 달랬다. 어리광부리는 할아버지를 보고 있자니 미소가 저절로 떠올랐다. 할아버지의 심정을 천 번도 더 헤아릴 것 같았다. 이왕 환자가 된 김에 예쁘고 다정한 간호사에게 한껏 떼를 쓰고 싶은 그 심정을. 아마도 예쁘고 친절한 간호사는 남자 환자의 회복에 지대한 영향을 끼친다는 임상 결과가 수없이 많이 보고되고 있을 것이다. 저녁에는 퇴근한 자녀들이 왔다. 할아버지는 조금 전과는 전혀 다른 사람이 되어 점잖게 누워계셨다.

어른에게도 따뜻한 보호와 위로의 손길이 필요하다. 남자는 여성의 살뜰한 마음과 손길에서 모성을 느낀다. 설사 나이 차가 나는 어린 여자라 할지라도 남자는 모성을 느끼고 싶어 한다. 할아버지는 예쁜 여선생님을 해바라기하는 유치원생처럼 친절한 간호사를 바라보며 지루한 병원 생활을 그럭저럭 견디고 있었다.

맞벌이 부부가 많아지면서 손주를 돌보는 할머니 할아버지들이 갈수록 늘고 있다고 한다. 수고로움은 크겠지만 아이들의 눈에 반짝거리는 빛, 그보다 더 아름다운 별빛이 세상 어디에 있을 것인가. 언젠가 나도 기쁜 마음으로 손주를 돌보게 되는 날이 오리라. 잠이 오지 않는 밤, 피부가 가무잡잡하고 키가 컸던 할머니가 나직한 목소리로 불러주던 자장가를 생각한다. 멘델스존의 자장가와 옛날 찬송가가 베풀어주던 위무를 생각해본다.

술과 여인과 노래

시집 한 권, 빵 한 덩이, 포도주 한 병,

나무 그늘 아래서 벗 삼으리

그대 또한 내 곁에서 노래를 하니

오, 황야도 천국이나 다름없어라

피츠제럴드(Edward Fitzgerald, 1809~1883년)는 오마르 하이얌(Omar Khayyám)의 루바이(4행시)들을 번역해 영문판 『루바이야트(Rubaiyat)』라는 불후의 명작을 세상에 내놓았다. 오마르 하이얌은 11세기 페르시아의 시인이다. 그의 시는 허무주의와 숙명론적 우주관을 바탕으로 한다. 해서 대체로 삶에 대한 깊은 체념이거나 아니면 매우 현세주의적인 철학이 담겨 있다.

하이얌은 인생을 주로 여인숙이나 천막, 장기판 위에서 죽어가

19세기 영국의 시인이자 번역가인 에드워드 피츠제럴드.
그가 번역한 오마르 하이얌의 4행시 『루바이야트』는
원작 이상의 아름다운 번역서로 평가받고 있다

는 말, 굴러다니는 공에 비유했다. 한마디로 인생이란 스쳐가는 것이며, 나그네가 잠시 쉬어가는 것에 불과하다는 것이다. 어릴 때 부르던 찬송가 가사에도 역려과객(逆旅過客)이라는 말이 있었다. 세상은 여관과 같고 인생은 잠시 머무는 나그네와 같다는 뜻이다. 이 어려운 말을 초등학교 때 알았다. 인생이 이런 거라니, 아이에게는 막연하게 느껴졌다. 물론 찬송가에서는 삶은 허무한 것이니 보다 영원한 세계를 바라보아야 한다는 메시지를 전하고 있다. 하지만 똑같은 이유에서 하이얌의 시는 인간적이고 세속적이며 일탈의 노래를 즐겨 불렀다.

예이츠(Yeats)의 시에도 「술 노래(A Drinking Song)」가 있다. "술은 입으로 들고 / 사랑은 눈으로 든다. / 우리가 늙어서 죽기 전에 / 알아야 할 진실은 그것뿐." 정말로 인생이 이렇게 술과 사랑이라는 두 단어로 간단명료하게 요약될 수 있다는 말인가? 어쩌면 나이가 더 들면 이처럼 단순명료해질 수 있을지 모른다. 예이츠는 지혜와 시간에 대한 시들을 많이 썼지만 술과 사랑 또한 지혜와 시간이 담보되어야 가능한 일이 아닌가.

"노세 노세 젊어서 노세, 늙어지면 못 노나니, 화무는 십일홍이요. 달도 차면 기우느니라." "아니~ 아니 노지는 못하리라." 〈태평가〉와 〈권주가〉 〈창부가〉 같은 노래는 우리나라에도 수없이 많다. 물론 이런 노래가 먹고 마시고 놀기나 하자는 말은 아닐 것이다. 좋은 팔자를 만나 평생 호강하며 사는 사람도 있고, 그것이 지나쳐 주지육림의 방탕한 생활을 누리는 사람도 있겠지만, 어떤 의미도 남길 수 없다는 점에서 이런 삶들은 허무하다. 여자들이 백화점에 나가 쇼핑을 하면 할수록 입을 옷은 더 없어지고, 남자의 바람은 피우면 피울수록 공허해진다. 뭔가를 가지면 가질수록 허상은 더 심각하게 드러나기 마련이다.

하이얌과 예이츠의 시, 〈태평가〉와 〈권주가〉 〈창부가〉는 삶의 질곡을 도외시한 공허한 노래라기보다는 매우 현실지향적인 노래이다. 무거운 짐을 지고 어디에서 와서 어디로 가는지도 모르는 인생, 취하고 사랑도 하고 일탈도 하며 좀 느긋하게 가자는 말이다. 예나 지금이나 인생에는 진부한 위로와 막연한 희망, 현실을 잠시나마 망각할 수 있는 도피처가 필요하다. 이 또한 욕망이겠지만 배금주의나 물신숭배와 거리를 둔다는 점에서 어느 정도 낭만적이라 할 수 있다.

비엔나 필하모닉 오케스트라(Vienna Philharmonic Orchestra)는 매년 1월 1일 정오 비엔나 음악협회 대강당에서 신년 음악회를 연다. 이 음악회는 해마다 전 세계로 생중계된다. 연말부터 신년음악회를 이끌어갈 지휘자가 누가 될지 화제이다. 무대를 꽃으로 화려하게 장식한 신년음악회의 주요 레퍼토리는 왈츠이다. 왈츠는 3박자의 경쾌한 춤곡으로 남부 독일과 오스트리아 농민들의 무곡에서 시작되었다. 제야의 종소리를 들으며 한해의 무거웠던 것들을 모두 날려버리듯이 신년음악회는 한해를 새로운 희망과 환희로 시작하자는 의미이다.

1866년 오스트리아는 프로이센과의 전쟁에서 7주 만에 패하여 전 국민이 우울함으로 가득 차 있었다. 비엔나 남성합창단은 국민을 위로하고 애국심을 고취시킬 수 있는 곡을 요한 슈트라우스 2세(Johann Strauss Ⅱ)에게 의뢰했고, 이렇게 탄생한 곡이 〈아름답고 푸른 도나우(An der Schönen Blauen Donau)〉이다. 도나우 강은 비엔나 시내를 가로지르는 젖줄로 오스트리아인들은 슈트라우스가 작곡한 도나우 강을 통해 패전의 슬픔을 위로받고 새로운 희망을 얻었다. 이것이 비엔나 왈츠의 출발점이며 진정한 의의라 할 수 있다.

〈술과 여인과 노래(Wine, Weib und Gesang)〉는 요한 슈트라우스 2세의 대표적인 왈츠 중의 하나이다. 제목이 보여주는 것처럼 그의 왈츠는 멋지고 쾌활하며 낭만적이다. 빈 특유의 격조 높은 정서와 달콤한 대중적 요소를 고루 갖추고 있다. 왈츠는 실제 춤을 추기 위해 만들어진 것이지만 음악회용으로도 많이 연주한다. 슈트라우스의 왈츠는 건성으로 들으면 그 곡이 그 곡인 듯하지만 익숙해지면 각 곡의 독창성과 예술성, 대중성이 적절히 조화를 이루고 있는 슈트라우스만의 양식을 발견할 수 있다.

'왈츠의 황제'라고 불리는 요한 슈트라우스 2세(위)와 그의 걸작으로 평가받는 〈아름답고 푸른 도나우〉의 배경이 된 도나우 강(아래). 비엔나 왈츠의 진정한 출발점이라고 할 수 있는 이 곡을 통해 오스트리아인들은 패전의 슬픔을 위로받고 새로운 희망을 얻었다

술과 여자는 동서고금을 막론하고 남자가 인생을 즐길 수 있는 가장 1차적이고 보편적인 방법이다. 술을 좀 마실 줄 아는 사람들은 이런 말을 한다. 술은 누구와 마시느냐가 중요하다. 술 맛이 다르기 때문이다. 술중에서는 포도주가 월등하다. 뿌리가 땅속으로 50m 이상을 파고들어가 양분을 빨아들이기 때문에 온갖 오묘한 맛을 다 낼 수 있다. 그렇다면 이 좋은 술을 두고 노래가 빠질 수 없다. 여자를 끼고 술판을 벌이는 남자의 여유와 호방함을 구구절절 표현할 수 있는 것이 노래 이상으로 뭐가 있겠는가. 이것이야말로 남자들의 오래된 풍류이다.

술과 여자, 노래는 우리나라 유흥 문화와 접대 문화를 단적으로 보여주는 요소이기도 하다. 이것은 자칫 타락과 탐닉의 도화선이 될 수 있다. 하지만 남자들은 도덕과 불의, 파렴치의 아슬아슬한 경계 위에서 줄타기를 즐긴다. 에덴을 향유한 자는 아담과 이브가 아니라 뱀이었다. 뱀은 온몸을 바닥에 밀고 다니며 에덴이 가진 아름다움의 극치를 만끽했다. 누려본 자는 더한 것을 원하게 되고, 금기에까지 손을 뻗치게 된다.

이 시대는 과학과 의학의 성과가 전통적이고 종교적인 금기들을 모두 파기한 시대이다. 번식과 금기에서 해방된 성은 쾌락을 추구한다. 사실 즐기며 산다는 것은 얼마나 중요한 일인가. 실제로 남자 인생에서 술과 여자, 이보다 더 강렬한 유혹이 어디 있겠는가. 삶이 단 한 번의 기회뿐이라면 사회적 지위나 남의 이목, 의무나 책임, 윤리 의식 따위는 잠시 접어두고 다소 품위가 떨어지더라도 온갖 종류의 욕망과 유혹을 다 경험해보고 싶은 것이 사람, 특히 남자들의 마음이 아닌가.

〈Days of Wine and Roses(술과 장미의 나날)〉라는 노래가 떠오른다. 원래 동명의 영화 주제가이다. 1962년 아카데미 영화 주제가 상과 1963년 그래미상을 받았다. 헨리 맨시니 악단과 앤디 윌리엄스의 레코드가 베스트셀러가 되었지만, 페티 페이지나 페기 리, 줄리 런던의 허스키하고 육감적인 목소리가 더욱 퇴폐적인 애수를 전해주는 것 같다. "술과 장미의 나날은 놀고 있는 어린아이 같아/목초지를 지나 닫히려는 문을 향해 웃으며 달려가지/다시 돌아올 수 없다고 쓰여 있는 문으로/쓸쓸한 밤은 술과 장미와 아름다웠던 기억들을 미풍 속에 풀어 놓네."

하이얌의 『루바이야트』를 읽으며 인생에 대해 잠시 회의가 들었다. 하지만 어떤 삶을 살든 후회와 번민은 따르게 되어 있는 것이 아닌가. 푸시킨(Pushkin)의 시처럼 삶은 끝임 없이 우리를 속인다. 후회나 슬픔, 분노에 휘둘리지 않으려면 스스로를 다잡을 수 있는 저력이 있어야 한다.

해마다 연초가 되면 비엔나 왈츠를 꺼내 듣곤 한다. 자동차로 교외를 드라이브하며 반복해서 듣다 보면 눈 내린 겨울 산의 앙상한 나목들이 원무를 추는 여인들처럼 보이기도 한다. 〈아름답고 푸른 도나우〉, 〈비엔나 숲속의 이야기(Geschiten aus dem Wiener)〉, 〈예술가의 생애(Künstlerleben, op.316)〉, 〈봄의 소리(Frühlingsstimmen)〉, 〈남국의 장미(Rosen aus dem Süden, op.388)〉, 〈술과 여인과 노래〉 등 요한 슈트라우스의 왈츠는 인생을 찬미하는 낙천적인 찬가로 가득하다. 왈츠의 경쾌한 리듬과 부드러운 선율이 춥고 씁쓸한 신년을 따뜻하게 위로해준다. 왈츠를 듣는 순간만큼은 유쾌함과 가벼움에 의지해 무거운 현실을 다 잊는다.

당신과 사랑에 빠질 수밖에

산책하면서 노래 부르는 것이 나의 오래된 습관이다. 기쁠 때나 슬플 때, 가슴이 답답할 때면 혼자 걷는다. 기쁠 때 걸으면 기쁨이 배가 된다. 산 아래 한적한 산책로를 걸으며 팔을 뻗고 외친다. God, Thanks a lot! 인류가 가장 많이 쓰는 언어로, 하느님이 빨리 알아들으시도록. 괴로울 때는 그냥 걷는다. 자연을 바라보며 강둑이나 산기슭을 걷다 보면 무거운 것들이 많이 해소된다. 가끔은 끝없이 걷고 싶은 날이 있다. 멀리 보이는 까마득한 산까지 하염없이 걷고 싶은 날들이 있다. 자연 속을 걷는 일은 제한된 삶 속에서 자유를 느끼는 것이다. 나도 쥐스킨트(Suskind)의 작품에 나오는 좀머 씨 같은 성향의 사람이 아닌가 하는 생각이 든다.

실은 아버지가 그렇다. 새벽기도회에 다녀와서 아침 일찍 식사를 하고 집을 나서면 강을 따라 들을 건너 산자락을 타고 몇 시간씩 걷고 오신다. 집에 돌아와 점심 식사를 하고 다시 출발해서 저녁때까지 또 그렇게 걷는다. 걷기는 고독한 자들의 일상이다. 아마도 걷는 일을 통해 갈수록 느슨해지는 인생을 다독거리고 덧없는 생의 고뇌를 진정시키고 있는 것인지 모른다. 어쩌면 걷기를 통해 기도의 재산을 차곡차곡 쌓아가고 계신지도 모른다. 언젠가 나도 늙으면 아버지처럼 그렇게 열심히 걷다가 어느 날 문득 좀머 씨처럼 죽음을 선택할 수도 있겠구나 싶은 생각이 든다.

저녁을 먹고 나와 어두운 강둑을 한가롭게 걷다 보면 이런저런 노래를 부르게 된다. 사실 노래는 그리 기쁘지도 슬프지도 않은, 그저 그런 날에 흘러나온다. 요즘은 엘비스 프레슬리(Elvis Presley)의 〈Can't Help Falling in Love with You〉를 이따금 부르곤 한다. 이 노래는 산책하는 걸음걸이에 맞추기 좋다. 흥얼거리다 보면 노래에 얽힌 옛날 일들이 떠오른다.

Wise men say only fools rush in

현명한 사람들은 말하지 바보들이 사랑에 뛰어든다고

But I can't help falling in love with you

하지만 난 당신과 사랑에 빠질 수밖에 없어요.

Shall I stay, Would it be a sin

당신 곁에 머무르면 죄가 되나요?

If I, can't help falling in love with you

그래도 난 당신과 사랑에 빠질 수밖에 없어요.

Like a river flows surely to the sea

강물이 바다로 흘러가듯

Darling so it goes

모든 일은 그렇게 흘러가는 것

Somethings are meant to be

어떤 일은 이미 예정되어 있어요.

노래는 시간을 거슬러 올라가 이끼 낀 추억들을 불러온다. 이끼가 아직 물기를 머금고 있다면 씨앗이 날아들어 다시 싹을 틔우고 꽃을 피울 수 없다고 누가 장담할 것인가. 사실 이 노래는 사람들이 많이 모인 모임이나 회식 자리에서보다는 혼자 조용히 부르기에 좋은 노래이다. 그래도 나는 2차로 간 노래방에서 용감하게 불

로큰롤의 제왕 엘비스 프레슬리의 동상. 미국의 가수 겸 배우였던 그는
로큰롤의 대중화에 앞장섰으며 팝과 컨트리 음악의 발전에도 기여했다

렀다. "~So take my hand 그러니 내손을 잡아요./Take my whole life too 내 인생도 함께/For I, can't help falling in love with you. 나는 당신과 사랑에 빠질 수밖에 없어요."

이 부분에서 나는 왼손을 들었다. 오른손은 마이크를 잡고 있었으니까. 생각지도 않게 그가 내 손을 덥석 잡았다. 그의 손이 크게 느껴졌다. 구름 위에 얹힌 기분이 들었다. 하지만 나는 그의 시선을 피해 가사만 보며 노래 불렀다. '마치 어떤 화학적 변화가 몸의 모든 요소들을 녹여 재구성하는 것만 같았다.' 모든 게 정지하고 노래만 흘러가고 있었다. 하지만 그걸로 끝이었다. 그 후로 그는 나를 데면데면 대했고 나는 그의 주변에 맴도는 여자들을 험악한 눈길로 바라보다가 그 모임을 그만두었다.

내 수업을 듣는 학생이 사랑은 타이밍이라고 했다. 이르면 처절하고 늦으면 놓친다. 서로의 타이밍이 맞으면 운명 공동체가 되기도 하고 빗나가면 한 끗 차이로 운명이 갈리기도 한다. 운명이란 더 이상 돌아갈 길이 보이지 않는 어떤 절실함이다. 또 다른 학생은 이런 말을 했다. 사랑은 밀당이 아니다. 밀당을 한답시고 했던 말과 행동으로 진심과 믿음이 깨지고 사랑에 대한 의구심만 남는다. 가장 자신다운 모습을 솔직하게 보여주는 것이 사랑이다.

생각해보면 누군가를 사랑하고 싶었던 그 시절이 아름다운 시절이었다. 토마스 만(Thomas Mann)은 『토니오 크뢰거(Tonio Kröger)』에서 "가장 많이 사랑하는 자는 패배자이며 괴로워하지 않으면 안 된다"고 했다. 또 『베네치아에서의 죽음(La Morte a Venezia)』에서는 "사랑하는 사람은 사랑받는 사람보다 더 신적일 것이다. 사랑하

독일의 소설가이자 평론가인 토마스 만.
이중적 의미가 많은 깊이 있는 문체를 통해 인간의 삶을 총체적으로 다루고 있다.
20세기 가장 중요한 작가 중의 한 사람이다

는 자 안에는 신이 있지만 사랑 받는 자 안에는 신이 없다"고 했다.
그렇다면 그때는 신이 내게로 가까이 오신 것일까.

사랑이 어떻게 너에게로 왔는가?
햇빛처럼 꽃보라처럼
또는 기도처럼 왔는가?

행복이 반짝거리며 하늘에서 풀려와
날개를 거두고

꽃피는 내 가슴에 크게 걸려온 것을……

-R. M. 릴케, 「사랑」 중

대학 4학년 때 들었던 시론 수업 시간 볼이 발그레한 40대의 교수가 마치 사랑에 빠진 사람처럼 이 시를 자주 낭송하곤 했다. 누가 내게 이런 충고를 해주었다. 사람의 일이란 알 수 없는 것이다. 항상 가능성을 열어놓고 살아야 한다. 사실 로미오와 줄리엣의 러브 스토리는 고전에 그치는 것이 아니라 현실 속의 살아 있는 이야기이다. 뒤늦게 20대와 결혼을 약속한 멋진 장년을 보았고, 50년 전의 사랑을 찾아 결실을 맺는 70대의 이야기를 보았다. 사랑이란 늘 현재진행형이다. 또한 짧은 한순간 자신의 경험과 지식을 총동원해 본능적으로 상대를 알아보는 것이다. 그리고 그것을 끝까지 지켜나가는 것이다.

아만다 사이프리드가 주연한 영화 〈Letters to Juliet)〉은 이탈리아 베로나를 배경으로 한다. 영화에는 멋진 대사들이 많다. "정말 소중한 걸 놓쳐버렸다면 그 미련은 평생 돌덩이로 남죠. 이제 사랑에 대해 한 가지만 기억해요. 사랑에 늦었다는 말은 없어요. 그 사랑이 진실이었다면 절대 변하지 않아요. 이젠 용기를 내세요. 가슴의 소리를 따라가는 거예요. 때론 가족을 떠나고 먼 바다를 건너야 한다 해도 뜨거운 사랑을 느낄 수 있다면, 나라면 용기를 내어 그것을 잡겠어요. 눈물로 엇갈린 운명, 용기로 되돌릴 수 있어요." 영화를 다 보고 나니 한 마디 말이 깊은 울림을 남긴다. '사랑에 늦었다는 말은 없다.' 할리우드의 셰익스피어를 읽은 듯 기분

좋은 피로감이 몰려왔다.

소소한 사건을 기억하고 싶지 않아 한동안 엘비스 프레슬리의 노래를 부르지 않았다. 물론 지금은 강둑과 산기슭을 거닐며 이 노래를 편안하게 부른다. 산기슭 오솔길에는 숲에서 밀려나와 자동차 바퀴에 치인 뱀들이 보인다. 기슭으로 조금만 올라가면 청설모가 나뭇가지를 타는 소리, 도토리 떨어지는 소리를 들을 수 있다. 가끔은 인기척에 놀라 푸드덕거리며 날아가는 꿩이나 드물게는 까만 눈망울을 굴리며 숲으로 달아나는 고라니를 보기도 한다.

남천을 건너 기찻길을 지나 숲에 드나드는 동안 어느새 가을이 왔다. 썩은 사과를 책상 위에 올려놓고 시를 쓰는 시인처럼 노곤한 숲의 향기에 이끌려 오늘도 산기슭을 걷는다. 가을 숲의 향기는 바랜 책에서 나는 냄새와 비슷하다. 쓰러진 나무 등걸에 앉아 땀을 식히며 숲이야말로 하나의 거대한 울림통이며, 빽빽하게 우거진 나뭇잎들은 각각의 음표라는 생각을 해본다. 이 숲에서 나는 봄부터 여름까지 줄곧 바람과 나무의 허밍 소리를 들었다. 맹독의 뱀이 지나가는 가을 숲에서 이제 나도 한 그루의 그윽한 가을 나무가 되고 싶다. 한 권의 악보가 되고 싶다.

태초에 말씀이 있었고, 이 숲에는 조물주가 만들어 놓은 빛의 소리들이 숨겨져 있다. 숲은 의미의 세계이며 지혜와 영감의 장소이다. 이 낡아가는 가치들을 노래하러 나는 만추의 숲으로 간다. 마른 잎사귀들이 부스럭거리는 소리, 낙엽의 향기를 맡다 보면 어느새 내 영혼도 붉게 물이 든다.

얼마 전 전설적인 록 그룹 퀸(Queen)이 내한공연을 했다는 기사

영국을 대표하는 록 그룹 퀸은 음악에 있어서 청각과 함께
시각의 중요성을 일찌감치 깨달은 밴드이다.
1981년 뮤직비디오 방송전문채널이 개국하기 전부터
퀸은 뮤직비디오를 제작하여 '뮤직비디오 대중화'에 앞장섰다

를 읽었다. 20대부터 나이든 열성팬들까지 이제는 할아버지가 다 된 그들의 노래 〈Love of My Life〉를 떼창했다고 한다. 나도 가로등 불빛 아래 강둑을 걸으며 퀸의 노래를 불렀다. "Love of my life / You've hurt me / You've broken my heart and now you leave me / Love of my life can't you see / Bring it back bring it back~" 나도 모르게 노래에 감정을 싣고 있다.

하지만 갈수록 사랑에 빠지기 어려운 세상이다. 사람들은 상대의 경제적 위치와 권력, 신분과 매력 등을 끝없이 재고 따진다. 바보들이 사랑에 빠진다는 말은 틀린 말이 아닌 것 같다. 엘비스의

노래는 현명한 사람도 사랑에 빠지면 바보가 된다는 말이다. 바보들이 많은 세상이 왔으면 좋겠다. 팝의 고전이 된 노래, 오랜 시간이 흘러 내게도 다시 음미하고 싶은 클래식이 되었다.

걷는다. 걸으면서 이따금 먼 곳에 있는 사람을 향해 노래 부른다. 어느새 걸음걸이의 리듬에 몸과 마음을 맡긴다. 걷는 자들은 일상의 틀을 떨치고 나와 광대하게 열린 우주를 지향한다. 아버지는 종일 숲을 헤매는 방랑자, 나는 틈날 때마다 소도시의 강과 산기슭을 구석구석 돌아다니는 산책자. 아버지의 날마다의 기도가 나의 날마다의 노래가 어딘가에 향기롭게 닿기를.

#2장

산 위로
피어오르는
흰 구름

그래요, 내겐 꿈이 있어요

요즘 아바(ABBA)의 노래를 자주 듣는다. 듣기만 하는 게 아니라 즐겨 부른다. 차에 CD를 두고 운전할 때마다 틀어놓고 부르다 보면 기분이 한결 밝아진다. 짧은 해 때문에 우울해지는 기분도 순식간에 사라진다. 아바가 부르는 곡은 거의가 댄스곡이다. 한 시절의 익숙한 비트가 들려오면 몸과 마음이 함께 반응한다. 음악에 실려 머리 아픈 일을 잠시 잊을 수 있어서 좋다. 예전엔 생각할 거리가 있으면 그 생각만을 고수하며 집중 고민을 했는데 나이가 들수록 고민거리를 미루거나 잠시 덮어두는 여유가 생기는 것 같다.

20대에는 아바의 노래들이 마음에 와 닿지 않았다. 신나는 곡들이 수없이 쏟아져 나왔지만 클래식을 전공하는 사람에게 아바의 노래는 그저 경쾌하고 경박한 팝에 지나지 않았다. 또 어렸기에 노래의 리듬과 비트만을 느꼈다. 가사에는 신경 쓰지 않았다. 정확하

스웨덴의 혼성 그룹 아바. 10년 남짓 짧은 기간 동안 활동했지만
그들의 음악은 30여 년이 넘은 지금까지도 뮤지컬, 영화 등
다양한 형태로 진화하며 세대를 이어가고 있다

게 말하면 가사 따윈 그리 중요하지 않았다.

아바는 1972년에 결성해서 1982년에 해체된 스웨덴의 4인조 혼성그룹이다. 해체된 지 30여 년이 지났다. 이 정도면 사람들의 기억에서 완전히 잊혀야 하는데 그들의 노래는 지금도 뮤지컬이나 영화로 끊임없이 리메이크되고 있다. 관객들의 반응도 뜨겁다. 아바의 노래는 추억의 상품 정도에 그치지 않는 특별함이 있는 것 같다.

숨 가쁜 변화를 추구하는 시대에 30여 년이면 전설이 되고도 남음이 있는 시간이다. 아바 현상은 이들의 음악이 한 시대의 단면을 보여주는 것이 아니라 세월이 흘러도 변함없이 반복되는 인간사의 보편적인 맥락을 다루고 있기 때문이다. 여기에다 익숙하면서도 신선한 멜로디와 리듬이 더해진다. 아바의 노래를 부르다 보면 삶의 온갖 아름다움과 모순들이 떠오른다. 사랑과 추억, 행복과 불행, 선택과 이별, 승자와 패자, 돈 문제 등 우리들 내부에 응어리진 침적물들을 한번쯤 뒤흔들어 준다는 의미에서 아바의 노래는 정서적 진동을 통해 살아 있는 자기충족의 시간을 제공한다.

아바의 노래들은 하나같이 심각하지 않다. 이별의 아픔을 노래할 때도 가볍고 활달한 비트에 실어 춤곡으로 승화시킨다. 또 어떤 상황에서도 절대 잃어버리지 않는 믿음과 신뢰, 희망과 긍정의 힘을 보여준다. 세대를 뛰어넘어 공유되는 아바의 미덕이란 바로 이런 데서 나오는 것이다.

내가 좋아하는 노래는 〈I Do, I Do, I Do, I Do, I Do〉〈Chiquitita〉〈Andante Andante〉, 요즘 들어서는 〈I Have a Dream〉이 새삼스럽게 마음에 다가온다. "I'll cross the stream, I have a dream(나는 강을 건널 거예요, 내겐 꿈이 있어요)." 어느 날 문득 이 대목에 마음이 쏠렸다. 20대엔 꿈이나 희망 같은 단어들이 진부하게 들렸다. 사랑이라는 말만큼이나 식상한 말이라고 생각했다. 그런데 그렇게 의례적으로 느껴지던 단어가 지금에 와서 자꾸만 귓바퀴에 맴돌고 있다.

I believe in angels

나는 천사의 존재를 믿어요

Something good in everything I see

보는 것마다 장점을 찾아내요

I believe in angels

나는 천사의 존재를 믿어요

When I know the time is right for me

적절한 기회가 올 때

I'll cross the stream I have a dream

나는 강을 건널 거예요 내겐 꿈이 있어요

아프리카 동물의 세계에서도 강을 건너는 것은 목숨을 거는 일에 가깝다. 생존을 위해서는 굶주린 악어 떼가 득실거리는 강을 건너야 한다. 위험한 강을 건너야 풍요로운 사바나에 닿을 수 있다. 강은 항상 경계에 위치한다. 그래서 강을 건넌다는 것에는 중요한 의미가 담긴다. 과거를 떨쳐버리고 새로운 삶과 새로운 자아를 찾아 나선다는 뜻이다.

아바의 노래를 부를 때마다 떠오르는 사람이 있다. 마틴 루터 킹(Martin Luther King) 목사. 그의 연설 'I have a dream'을 모르는 사람은 없을 것이다. 연어처럼 죽을힘을 다해 물살을 거슬러 올라가는 의지와 에너지, 관습의 권위와 압력을 헤쳐내고 나아가는 힘, 이것이야말로 인류가 물려받은 가장 위대한 유산 중의 하나일 것이다. 그의 연설 중 가장 감동적으로 와 닿는 부분이 있다.

I have a dream that one day every valley shall be exalted,

내겐 꿈이 있어요. 어느 날 모든 골짜기가 솟아오르고

every hill and mountain should be made low,

모든 언덕과 산이 주저앉으며

the rough places will be made clean and the crooked places will be made straight

거친 곳이 평탄해지고 굽은 곳이 곧게 펴지며

누군가 이런 말을 했다. 꿈은 일종의 화학적 광기라고. 그런지 모른다. 가스통 바슐라르(Gaston Bachelard)는 『꿈꿀 권리(Le Droit de Rever)』에서 고요한 물이 지니고 있는 꽃의 두근거림에 대해 말하였다. 잠자는 물의 삶 속에 나타나는 부드러운 수직성이야말로 극도로 섬세한 꿈이다. 꿈은 이런 조용한 두근거림이다. 꿈은 꾼다는 자체로 의미가 있다. 더구나 꿈의 방향을 향해 조금씩 나아가는 과정은 얼마나 아름다운 일인가.

〈I Have a Dream〉을 부르다 보면 영화 〈오즈의 마법사(The Wizard of Oz)〉의 주제가 〈Somewhere Over the Rainbow〉가 떠오른다. 주인공 도로시는 강아지 토토와 함께 회오리바람에 휩쓸려 오즈의 마술나라로 날아간다. 도로시는 마법사를 만나러 가는 길에서 생각 없는 허수아비, 심장 없는 양철나무꾼, 겁쟁이 사자를 만나 친구가 된다. 도로시는 마침내 마법사 오즈를 만나지만 자신을 변화시킬 마법은 자기 안에 있다는 사실을 발견한다. 〈오즈의 마법사〉는 상상의 세계를 통해 꿈과 지혜, 용기의 가치에 대해 이야기 한다. 주제가 〈Somewhere Over the Rainbow〉는 경제공황으로 어렵던 시절 미국인들에게 꿈을 심어준 노래였다.

중학교 2학년 때 마가렛 미첼(Margaret Mitchell)의 『바람과 함께 사라지다(Gone with the Wind)』를 읽었다. 마지막 장면에서 레트는 주인공 스칼렛 오하라를 떠난다. 슬픔에 잠겨 있던 스칼렛은 고향 타라로 돌아가 레트를 되찾아야겠다고 결심하며 독백한다. “After all, Tomorrow is another day(그래, 내일은 내일의 태양이 뜨는 거야)!” 압도적인 한 마디였다. 이 한 마디가 책 전체를 압축해 주었다. 한데 다른 책의 문장은 좀 달랐다. “내일은 내일의 바람이 부는 거야!” 아무튼, 이 두 문장들이 한동안 가슴을 흔들었다. 철없고 이기적이지만 비할 데 없이 출중한 미모를 가진 여자의 발언이었기에 명언처럼 가끔씩 외웠다. 나도 스칼렛 오하라처럼 꿈과 이상을 좇는 강인하고 아름다운 여자로 변신해갈 수 있을까.

카니발이 부른 〈거위의 꿈〉이라는 노래도 있다. “난 꿈이 있었죠. 버려지고 찢겨 남루하여도 / 내 가슴 깊숙이 보물과 같이 간직했던 꿈 / (중략) 그래요. 난 꿈이 있어요. 그 꿈을 믿어요. 나를 지켜봐요.” 구구절절 마음에 와 닿는다. 노래 가사처럼 많은 사람들이 ‘헛된 꿈은 독이라고’ 하지만 꿈은 다소 거창할 필요가 있다. 영화 〈마농의 샘〉의 원작자 마르셀 파뇰(Marcel Pagnol)의 자전적 소설 『마르셀의 여름(이 역시도 영화로 만들어졌다)』에는 이런 구절이 나온다. “별? 희망? 꿈? 그 너머에 뭐가 있는지 알고 싶어서 공부도 하고 결혼도 하고 여행도 하고 작가도 되는 것이 아니냐”고. 맞는 말이다. 인간은 평생 그런 것들을 찾아 삶을 헤맨다.

인류학자 브라이언 페이건(Brian Fagan)에 의하면 네안데르탈인과 현생인류의 조상인 크로마뇽인의 차이는 상징체계를 사용한 것과 않은 것의 차이라고 한다. 상징이라는 것은 눈에 보이지 않는 추상적인 개념이다. 네안데르탈인과 달리 크로마뇽인은 수준 높은 벽화와 암각화를 남겼고, 동물의 뼈로 조각품을 만들고 기호를 새겼으며 악기를 만들었다. 번성에 대한 염원으로 주술을 행하고 사후세계를 믿었다. 그것은 그들의 꿈과 이상을 담은 것이었다. 예술과 추상에 대한 추구는 세계와 존재에 대한 인식을 변화시킨다. 추구는 도전의 다른 말이다. 그 너머의 세계를 추구할 수 있었기에 크로마뇽인은 급격한 기후변화와 불확실한 환경 속에서도 살아남아 현생인류의 조상이 되었다.

꿈과 희망, 광기에는 동질적인 것들이 내재되어 있다. 그것은 두근거림이다. 나는 두근거림을 북소리라고 풀고 싶다. 모든 에너지는 역동적인 상상력에서 나온다. 꿈꾸는 자들은 자기 내면의 상상력으로부터 에너지를 얻는다. 나이와 지위, 귀천에 상관없이 누구든 꿈 꿀 권리가 있다. 그 권리를 쉽게 포기할 수는 없다. 순리와 이치를 따르는 상선약수(上善若水)의 교훈도 중요하지만, 때로는 '이섭대천(利涉大川, 큰 강을 건너면 이롭다)'의 큰 결단이 필요하다. 그 강이 한강이든 나일 강이든, 요단강이든 아무르 강이든, 물살을 거스르며 다시 강을 건너고 싶다.

모르는 여자가 아름다워요

가을엔 편지를 하겠어요

누구라도 그대가 되어 받아주세요

낙엽이 쌓이는 날

외로운 여자가 아름다워요

가을엔 편지를 하겠어요

누구라도 그대가 되어 받아주세요

낙엽이 흩어진 날

모르는 여자가 아름다워요

가을이 깊어가고 있다. 물들어가는 나뭇잎들을 보며 문득 이 노래, 〈가을 편지〉가 생각나 흥얼거려 본다. 〈가을 편지〉는 한동안 노벨상 문학상 후보에 올랐던 고은 시인이 쓴 가사에 김민기가 작곡을 하였다. 〈가을 편지〉 하면 장문의 편지보다는 엽서가 떠오른다. 이따금 여행을 가거나 미술관에 가면 그림엽서를 사곤 했다. 하지만 엽서 본연의 용도로 쓸 일이 없어서 오래도록 쌓아두기만 했다. 김광균 시인은 낙엽을 '폴란드 망명 정부의 지폐'라고 했는데 서랍 속에 소복이 쌓인 엽서야말로 알록달록 물든 낙엽 더미가 아닌가. 어느 날 서랍을 정리하다가 이것들을 모두 메모지로 써야겠다는 생각을 했다. 유명 화가들의 그림이 그려진 엽서를 메모지로 쓰면서 내 일상은 행복 쪽으로 조금 더 다가가고 있다.

장소나 시간, 계절, 날씨에 따라 떠오르는 노래나 시가 있다. 어느 가을인가 생각 없이 이 노래 〈가을 편지〉를 흥얼거리다가 '모르는 여자'에서 딱 멈춘 적이 있다. 그러고 보니 수많은 예술가들이 어디선가 본 듯한 혹은 스쳐지나 간 듯한 이 '모르는 여자'들에게서 매혹을 느끼고 강한 영감을 받고 있는 것이 아닌가. 사실 모르는 것 없이 다 아는 관계에서는 그가 아무리 빼어난 미인이라 하더라도 편안함과 안정감은 느낄지언정 특별한 매혹이나 영감을 얻기는 어렵다.

일단 고은 시인을 비롯하여 이광수, 스테판 츠바이크, 신경숙 등이 '모르는 여인'을 주제로 작품을 썼다. 또 19세기 러시아의 대표적인 화가 이반 크람스코이(Ivan Nikolaevich Kramskoy)의 〈모르는 여인(Portrait of an Unknown Woman, 1883년)〉이라는 작품을 인상 깊게 본 적이 있다. 카람스코이의 작품은 그림이라는 시 지각을 통해 모르는 여인에 대한 화가의 설렘과 동경을 한꺼번에 전달해주었다. 한데 마차를 타고 가는 이 여인은 화장을 짙게 한 풍만하고 도발적인 여자가 아니라 검은 모피를 단아하게 차려입은 젊고 기품있는 여자였다. 생각 밖이었다. 다소 저속하고 화려해 보이는 여자, 야한 여자를 쫓는 것이 남자들의 일반적인 심리가 아니던가?

모르는 여인은 미지의 여인이며 금지된 여인이다. 아름다운 여인에 대한 동경은 낭만주의 특성 중의 하나인 이국 취향(exoticism)과도 흡사하다. 미지의 세계에 대한 환상과 동경은 낭만주의의 중심 주제이며, 이국의 등장은 독자들의 호기심을 충족시켜 주는 매력적인 요소이다. 뒤집어보면 낯설고 새로운 곳에 대한 열정은 미지의 여인에 대한 호기심과 유사한 것이며, 친숙한 것을 벗어나 새로운 무언가를 발견하려는 열정은 모르는 여인에 대한 동경과 흡사하다. 이것이야말로 바람에 대한 가장 정확하고 올바른 정의라 할 수 있지 않을까.

남자들은 굳이 지적이고 섬세하거나 교양이 있는 여자를 찾지 않는다. 이들의 시각이란 대부분 일회적이고 말초적이며 표피적인 경우가 대부분이다. 인간은 끝임 없이 새로운 것을 추구하는 존재이다. 그래서 잘난 아내, 잘난 남편을 두고도 그보다 못한 사람에게 눈길이 가기도 한다. 모든 것이 완벽하게 갖추어진 낙원에서도 금지된 것을 추구하다가 추방되었다. 그러나 인간에게 이 자유의지 이상으로 중요한 것은 없다. 원래 금기에는 위반이 따르게 되어 있다. 타락의 핵심은 리비도(libido)에 있지 않고 자유의 구조에 있다. 신이 그것을 모르고 애초에 금단의 열매를 설정해놓았겠는가. 대가를 지불하게 되더라도 훔친 사과가 맛있고, 마누라는 남의 마누라가 더 예쁘기 마련이다. 한데 왜 하필 금기와 욕망이 부딪히는 현장이 여자일까?

시인의 '모르는 여자'는 아름답다는 전제가 기본적으로 깔려 있다. 물론 아름다움의 기준이 천차만별이라 객관적으로 인정되지 않을 때도 있지만, 남자들은 아름다운 여인의 모습에서 낙원을 발견한다. 낙원은 현재의 삶과는 완전히 다른 것, 다가갈 수 없는 것, 한때 가지고 있었으나 놓쳐 버린 것들에 대한 강렬한 희구를 표현한다. 그것은 순수와 아름다움에 대한 본능적인 끌림이기도 하다.

금지에 대한 욕망, 손에 넣을 수 없는 것에 대한 욕망은 유토피아에 대한 욕망과 같다. 그것은 금지된 것이기에 더욱 강렬하다. 하느님 같은 마누라에게 끔찍한 대가를 치르게 될지라도 유혹은 달콤하다. 신의 전제에 반항하다가 빈손으로 쫓겨났지만 과학기술의 눈부신 진보와 발전을 이루어 신의 권위를 넘보고 있듯이, 아담의 후손들 또한 미지의 낯선 여인과 멋진 신세계를 창조해 나가려는 무모한 판타지를 획책하고 싶은 것이다.

남자들은 철들지 않는 영원한 낭만주의자들이라 할 수 있다. 이들은 미지의 세계를 동경하지만 또 한편 과거와 추억에 사로잡혀 있는 인물들이다. 이러한 점에서 남자들은 낭만주의의 속성을 있는 대로 드러내 보여준다. 그래서 '모르는 여자'는 미지의 여자이며 동시에 과거의 여자, 추억 속의 여자이기도 하다.

체내에서 생산되는 테스토스테론과 에스트로겐의 분비는 계절과 미묘한 상관관계가 있다. 흔히 가을을 타는 남자가 많은 것은 가을이면 남성호르몬 테스토스테론의 분비가 절정에 달하기 때문이라고 한다. 한데 이상한 것은 이 노래, 〈가을 편지〉를 애창하는

화가이자 미술 비평가인 이반 크람스코이(위)는 19세기 후반 러시아의 대표적인 미술가 집단 '이동파'의 수장이자 뛰어난 미술가를 많이 키워낸 스승이기도 하다. 그의 대표작 중의 하나인 〈모르는 여인〉(아래)은 톨스토이의 소설 『안나 카레니나』에서 영감을 받았다

사람들이 대부분 남성이 아니라 여성들이라는 점이다. 그러고 보니 이 노래는 스스로 외로운 여자, 모르는 여자가 되어 나르시시즘의 황홀에 빠져보고 싶은 여인의 마음을 그리고 있는 것이 아닌가. 노래 가사처럼 여성들도 때로 미지의 남자를 의식하며 거리를 헤매는 묘한 여자가 되고 싶은 심리가 있는 것이다.

"왜 모르는 여자가 아름다울까요?" 점심 식사를 하고 나오며 동료들에게 물어보았다. "그야 다 알고 나면 신비가 사라지니까." 맞는 말이다. 때로는 상식이 진리일 때가 있다. 이 시대는 변화를 추구하는 시대이다. 모르는 것, 새로운 것을 추구하는 것은 아름다운 일이다. 속속들이 다 아는 여자의 아름다움은 당연한 것이기에 반감될 수밖에 없다. 물론 반대의 경우도 마찬가지겠지만.

의학의 발달로 몸도 마음도 늙지 않는 시대이다. 시인이 창조해낸 '모르는 여자'는 세월이 흘러도 여전히 가을 속을 홀로 쓸쓸이 헤매고 있을 것이다.

아침 이슬

긴 밤 지새우고 풀잎마다 맺힌
진주보다 더 고운 아침 이슬처럼
내 맘의 설움이 알알이 맺힐 때
아침 동산에 올라 작은 미소를 배운다.
태양은 묘지 위에 붉게 타오르고
한낮의 찌는 더위는 나의 시련일지라.
나 이제 가노라. 저 거친 광야에
서러움 모두 버리고 나 이제 가노라.

대학에 입학하자 아버지는 나를 불러 당부했다. 절대로 데모하는 근처에 가지 말고, 정치적인 선동이나 유언비어에 휩쓸리면 안 된다고. 대학의 동아리방에서 〈아침 이슬〉을 처음 들었다. 기타를 치며 부르는 선배의 노래를 듣는 순간 흠칫했다. 제목이 〈아침 이슬〉이라고 했다. 가요도 아니고 가곡도 아닌데 잔잔하면서도 엄숙함 같은 것이 노래 속에 담겨 있었다. 그 즈음의 나는 아침 이슬이라 하면 목장의 아침 같은 목가적인 풍경이나 떠올리는 세태를 모르는 대학생이었다.

한데 선배의 노래 솜씨도 좋았지만 감정을 고조시키며 순식간에 사람을 끌어당기는 이 매력은 뭔가 싶었다. 기타를 치며 부르는 것을 보면 대중가요가 분명하긴 한데 이 대중가요라는 것이 클래식의 영역을 너무 쉽게 넘보고 있는 것이 아닌가. 뭔가 도전받는 느낌과 함께 언뜻 대학가요가 만만치 않은 장르라는 생각이 들었다.

흔히 1970년대 대중가요는 김민기의 〈아침 이슬〉에서 시작되었다고 한다. 〈아침 이슬〉은 이전까지 나왔던 트로트나 포크송 위주의 대중가요 양식을 확연하게 바꾸어놓았다. 상업적이고 상투적인 가사에서 창의적이고 진지한 가사로, 진부하거나 평범한 멜로디에서 시적 이미지를 음악화한 서정적인 가곡 풍으로 리듬과 선율 양식이 바뀌었다. 〈아침 이슬〉은 분명 말초적이고 소박한 수준에 머물고 있던 기존의 가요를 보다 지적이고 미학적인 단계로 끌어올렸다.

1980년대는 기타를 치며 이런 노래를 몇 곡 정도는 부를 줄 알아야 대학생이었다. 내가 가입한 동아리 '미술동호인회'에는 그림 이상으로 기타를 잘 치고 노래를 잘 부르는 선배들이 꽤 있었다. 오일 냄새가 짙게 풍기는 화실에는 늘 기타 소리가 들려왔다. 지금 생각해보면 그들은 융합적인 인물들이었다. 다들 전공 분야에서 또는 전공과 취미를 결합한 영역에서 활발하게 활동하고 있다는 소식을 들을 때마다 '나는 지금 뭘 하고 있는가?'라는 자괴감이 들 때가 있었다.

〈아침 이슬〉은 밤을 배경으로 한다. '긴 밤'은 이 노래가 발표되던 시대의 억압적인 정치 상황을 은유한 것이다. '풀잎' '아침 이슬' '설움' '태양' '묘지' '찌는 더위' '시련' '광야' 등의 어휘에 나타나는 의식은 역사를 민중의 입장에서 재해석 하려는 의도를 드러낸다. 〈아침 이슬〉은 내면적이고 암시적인 분위기를 재생한다. 여기서 상징이나 이념이 발생한다. 이것은 시대정신의 반영이나 현실을 극복하려는 음악정신으로 이해되면서 작곡자의 본래 의도와 달리 비판적이고 저항적인 가요가 될 수 있었다. 음악이 가지는 사회성이 바로 이런 것이다.

'긴 밤' '찌는 더위' '묘지' '시련' '광야' 등의 단어에 나타나는 부정적이고 비극적인 인식은 미래 전망이 불투명한 당시 정치 상황을 노출시키며 결연한 의지나 비장한 죽음 같은 무거운 명제들을 환기시킨다. 또한 어두운 사회를 보여주는 전형성을 지니며 불가항력적 현실을 극대화시키는 기제가 된다. 특히 묘지에서 드러나는 죽음에 대한 인식은 불안한 사회 징후에 대한 직접적인 투사로. 죽음을 의식할수록 삶의 에너지는 더 방출되고 있음을 보여준다. 광야의 정신적 불모성은 이상과 현실의 괴리에서 방황하는 젊음을 나타낸다. 부정적인 이미지와 색채가 극대화되면서 태양의 에너지조차 폭력적인 것으로 변한다. 이러한 것들은 강렬한 인상을 주지만 노래 전체를 관념적으로 만드는 경향이 있다. 하지만 관념은 현실을 사유한다는 뜻이기도 하다.

〈아침 이슬〉은 험난한 길을 기꺼이 가겠다는 의지 표명을 통해 숭고미를 확보하고 있다. 숭고는 도덕적이며 종교적이다. "나 이제 가노라 저 거친 광야에 / 서러움 모두 버리고 나 이제 가노라." 우회와 절규는 막다른 지점에 이른 지식인의 두려움과 고뇌를 드러내지만 광야를 향하는 의지에는 고행과 침잠을 통해 이루려는 재생에의 역설적 가능성을 담고 있다. 암담함이 정점에 이르면 몰락의 서사는 재생의 서사로 전환된다. 〈아침 이슬〉은 당대 현실에 근원적인 물음을 던지며 노래가 가지는 사회적, 역사적 의미의 중요한 계기를 획득하고 있다.

외부의 억압이 클수록 가사는 직설보다는 은유나 상징, 알레고리를 사용하기 마련이다. 〈아침 이슬〉은 이러한 방식을 통해 1970년대 유신정권에 항거하던 대학생들의 데모가가 되었으며 5공화국에 와서도 민주화를 염원하는 젊은이들의 열정을 대변하는 노래가 될 수 있었다. 이처럼 음악이 사회 속에서 수행하는 역할은 지대하다. 음악은 지금도 변함없이 사회적 맥락 속에서 존재하고 이러한 맥락 속에서 대중사회의 문화를 형성하는 중요한 측면을 담당하고 있다.

〈아침 이슬〉은 1970년 김민기가 작사 · 작곡하고 양희은이 불러 큰 인기를 얻었다. 참신하고 새로운 노래라 하여 1971년에는 건전가요로 지정되었지만 1975년에는 방송부적격 판정을 받아 금지곡이 되었다. 가사의 내용이 염세적이고 태양이 김일성을 연상시킨다는 이유였다. 김민기는 〈아침 이슬〉 외에도 〈친구〉 〈바다〉 〈상록수〉 같은 일상의 현실을 문화적 차원으로 형상화한 곡들을 많이 발표하였다. 이곡들 또한 사회적 욕구나 대중의 재해석에 의해 민중가요나 저항가요의 색채를 띠게 되었다.

〈아침 이슬〉은 작은 것, 순수한 것에 가치를 부여하며 이것을 억압하는 권위와 권력을 비판한다. 김민기의 노래들은 가요가 남녀의 사랑을 노래하지 않아도 대중의 폭넓은 공감과 지지를 얻을 수 있다는 사실을 처음으로 확인시켜 주었다. 하지만 1980년대 운동권으로부터는 지식인의 나약함과 개인적 상념이 가득하다는 통렬한 지적을 받기도 했다. 아마도 그것은 탄탄한 음악적 구성에도 불구하고 관념성과 모호성, 다소의 의식과잉을 보였기 때문일 것이다.

〈아침 이슬〉은 기억의 단층 아래 파묻혀 있던 파편들을 하나씩 끄집어낸다. 캠퍼스 곳곳에 만발하던 꽃, 동아리방에 진동하던 오일 냄새, 수업 시간에 쫓겨 법대 쪽으로 질러오면 요즘의 중국집 이름 같은 청운관, 백운관에는 운동화를 구겨 신은 꾀죄죄한 몰골의 고시생들이 실없는 소리를 하며 휘파람을 불기도 했다. 실내악 연습을 마치고 나오던 밤길의 서정, 봄과 가을의 동아리 전시회……. 그러고 보니 뉴욕으로 떠나기 전 젊은 화가였던 변종곤의 그림이 교내 전시회에 함께 걸린 적이 있었다. 신입생이었던 나는 철수한 미군 비행장의 황량한 모습을 보고 강렬한 인상을 받았다.

캠퍼스 안을 감돌던 이상한 분위기, 시위, 메가폰 소리, 물탱크에서 머리채를 뒤로 잡힌 채 끌려 내려오던 여학생, 수업 반납 등등, 이따금 나는 하교 길에 대학원동 히말라야시다 그늘의 벤치에 악기를 내려놓고 시위 현장을 가슴 뭉클하게 지켜보았다. 사실 음대는 정치나 사회 현실, 캠퍼스 동태와는 무관한 무풍지대였다. 까맣게 잊고 지냈던 것들이 기억의 수면 위로 줄지어 떠오른다. 오래전 걷던 거리, 추억 속의 사람들, 들이마시고 내쉬었던 공기의 냄새까지, 지난날은 사라져갔지만 여운은 메아리가 되어 돌아온다. 다시 〈아침 이슬〉을 흥얼거려 본다.

등대지기

몇해 전 이집트 여행을 했다. 우리 일행이 카이로에 도착한 날이 마침 이집트 민주화 혁명 기념일이었다. 재스민 혁명의 물결을 타고 이집트 또한 중동, 북아프리카 지역과 마찬가지로 민주화에 대한 요구가 거세게 일어났다. 시위대가 철로를 점거하는 바람에 우리는 람세스 역의 황량한 플랫폼에서 추위에 떨며 연착하는 기차를 6시간이나 기다렸다. 밤이 깊어서야 겨우 도착한 기차를 타고 우리는 밤새도록 나일 강 남단까지 내려갔다. 아스완 댐과 거대한 아부심벨 사원을 보았다. 그리고 배를 타고 유적을 답사하며 다시 나일 강을 거슬러 이집트 최북단의 알렉산드리아로 올라왔다.

알렉산드리아에서는 지중해가 한눈에 보이는 유서 깊은 식당에서 식사를 했다. 식사를 마치고 나오니 거리는 온통 시위대로 가득 차 있었다. 피켓을 들고 이집트 국기를 흔들며 행진하는 조용하고 평화적인 시위였다. 대학생과 시민들, 아이를 목마 태운 아빠들, 이집트 국기와 저항의 아이콘 가이 포크스 가면을 파는 10대들이 섞여 있었다. 이집트의 숨 가쁜 현대사 한 장면을 목격하고 있다고 생각하니 감동이 밀려왔다. 사진을 찍고 있으니 다가와서 자신들의 취지가 적힌 아랍어 피켓을 높이 들어 보인다. 시위대는 관광객들에게 우호적이었다. 버스를 타고 가며 신호 받는 곳마다 차창으로 이집트 국기를 펼쳐 보이면 시민들은 외국인의 예상 밖의 태도에 환호해주었다.

알렉산드리아는 그리스 알렉산드로스(Alexandros the Great) 대왕이 이집트를 점령한 후 동방 원정을 실현하기 위한 거점으로 건설한 수도이다. 알렉산드리아는 헬레니즘 시대 지중해 지역의 무역 중심지였으며 아테네와 더불어 학문과 교육, 문화와 예술의 중심지였다. 알렉산드리아를 생각하면 제일 먼저 떠오르는 것이 BC 283년에 건축한 알렉산드리아 도서관과 세계 7대 불가사의 중의 하나라는 파로스 등대이다. 또한 알렉산드리아는 AD 40년경 예수의 제자 마가가 이집트에 기독교를 가장 먼저 전한 곳으로, 로마 가톨릭이나 동방 정교회와 다른 콥트(copt)라 불리는 독특한 종파를 이루고 있다.

파로스 등대는 130m가 넘는 대리석 건축물로 고대 알렉산드리아의 부와 명성을 단적으로 보여주는 상징물이다. 파로스 등대는 압도적인 높이로 암초가 많은 지중해 지역에서 무역선의 안전을 지키는 역할을 하며 알렉산드리아가 엄청난 부를 축적할 수 있는 계기를 마련하였다. 이러한 부를 바탕으로 알렉산드리아는 문화

전쟁과 화재로 소실된 알렉산드리아 도서관을 기리는 의미로 2002년 새롭게 개관한 알렉산드리아 도서관(위)과 고고학자 헤르만 티에르시가 그린, 고대 알렉산드리아의 상징물 파로스 등대의 상상도(아래)

와 예술을 꽃 피우고 학문을 융성시킬 수 있었다.

19세기 프랑스 작가 아나톨 프랑스(Anatole France)의 작품 『무희 타이스(Thaïs)』는 바로 이 알렉산드리아를 배경으로 한다. 소설은 알렉산드리아를 방탕하고 타락한 환락의 도시로 그리고 있다. 타이스는 당대 이름을 날리던 요부로, 작곡가 마스네(Jules Massenet)는 아나톨 프랑스의 소설 『무희 타이스』를 원작으로 오페라 《타이스》를 만들었다. 2막 1장과 2장 사이의 간주곡 〈타이스의 명상곡〉은 널리 알려진 명곡이다. 이 곡은 수도승 아타나엘의 인도에 따라 타락한 생활에서 벗어나 진리와 영원한 삶을 추구하려는 타이스의 경건하고 종교적인 열정을 보여준다.

한때 온 국민이 즐겨 불렀던 〈등대지기〉는 파로스 등대와는 거리가 먼 작고 소박한 등대와 그것을 등대지기의 노고를 노래한다. 등대는 비가 오나 눈이 오나 폭풍우가 몰아치나 칠흑 같은 바다를 항해하는 배들에게 묵묵히 빛을 비춘다. 그 이면에는 등대 지키는 일을 천직으로 여기며 살아가는 등대지기가 있다. 등대지기는 얼핏 시적이고 낭만적으로 보이지만 실은 기나 긴 고독과 자연재해에 대한 두려움, 자기와의 싸움에서 이길 수 있는 강인한 정신력을 갖추어야 하는 직업이다.

얼어붙은 달그림자 물결 위에 차고

한 겨울에 거센 파도 모르는 작은 섬

생각하라 저 등대를 어둠을 지키는

거룩하고 아름다운 사랑의 마음을

어두운 밤바다에 빛을 비추며 길을 인도하는 사람이라는 점에서 등대지기라는 직업에는 수많은 의미와 상징이 개입될 수 있다. 한 치 앞을 내다볼 수 없는 인생의 밤바다에서 난파하고 있을 때 멀리 보이는 한 줄기 불빛은 희망이자 구원의 손길이다. 빛은 진리를 상징한다. 어둠 속에서 묵묵히 빛을 비추는 자의 모습은 종교적이며 거룩하기까지 하다. 이러한 측면에서 등대지기는 험한 세파에 휘둘리고 있는 인간들을 참되고 바른 곳으로 인도하는 신적 지성과 통찰력을 가진 자로 격상될 수 있다.

현대물리학이 빛의 수수께끼에 대해 제시하는 답들은 어렵다. 빛은 입자와 파동이며 아주 작은 양의 에너지 덩어리인 양자로 움직인다. 빛의 세계는 절대적인 시간이 존재하지 않으며 공간은 휘어지고, 휘어진 공간 속으로 빛이 나아간다. 해서 빛은 초월적인 존재를 상징하는 것이 되었는지 모른다. 〈등대지기〉는 어둠을 비추는 자에게 초월적인 지위를 부여하고 있다. 많은 사람들이 이 노래를 부르며 헌신에 대해 깊은 영감을 얻는다. 〈등대지기〉는 영국 민요에 고은이 작사한 것으로 초등학교 5학년 음악 교과서에 실리면서 전 국민의 애창곡이 되었다.

아름다움이 미적 쾌감이라면 숭고함은 초월적인 쾌감이다. 인간은 홍수와 대지진, 폭풍우 같은 자연의 위력과 공포에 제압당하지만 그 속에서 설명할 수 없는 쾌감과 영혼의 고양을 느낀다. 이것은 부정적인 쾌감이지만 힘과 용기를 주고 생명력을 불어넣어 준다는 점에서 매우 역설적인 쾌감이다. 칸트(Kant)는 『판단력 비판(Kritik der Urteilskraft)』에서 이런 쾌감을 통해 인간은 초월적인 존재와 합일한 상태를 느낀다고 했다. 〈등대지기〉 역시 폭풍우 속에서도 등대를 지키는 자의 숭고함을 다룬다는 점에서 많은 사람들이 공감하는 노래가 될 수 있었다.

언젠가 아이슬란드 최북단 어촌마을의 겨울을 다룬 다큐멘터리를 본 적이 있다. 한겨울로 접어들자 해를 볼 수 없는 캄캄한 나날이 계속되었다. 아이들은 칠흑 같은 밤에 등교를 하고 칠흑 같은 밤에 수업을 마치고 부모를 기다리고 있었다. 천지가 어둠으로 덮여 아무것도 보이지 않았다. 북구의 전설 중에는 봄이 오지 않고 암흑의 겨울이 영원히 계속된다는 이야기가 있다. 겨울이 길고 혹독하다보니 봄이 영원히 오지 않을 수도 있다는 불안감이 그들의 무의식의 바탕에 깔려 있었을 것이다.

동지가 지나고 태양이 처음 떠오르는 날, 두터운 방한복을 입은 주민 합창단이 수평선을 바라보며 빛을 향해 노래를 시작했다. "내 영혼에 햇빛 비치니 영화롭고 찬란해. 이 세상의 어떤 빛보다 이 빛 더 빛나네." 구름 뒤에서 빛이 서서히 자태를 드러냈다. 마치 신의 모습처럼. 인간의 육체와 정신은 굴광성이다. 자연스럽게 빛을 향하도록 만들어졌다. 잔잔하면서도 진지한 그들의 노래에는 빛을 향한 간구와 감사가 담겨 있었다. 뚱뚱한 한대지방 사람들의 윤기 나는 음색과 음악을 섬세하게 다루는 솜씨는 가히 일품이었다.

빛은 생명의 원동력이다. 태초의 말씀도 빛이었다. 예술은 의미하는 것이며 세계를 풍요롭게 하는 것이다. 〈등대지기〉는 보편적 인생관과 고귀한 삶에 대한 이해, 존재의 의미에 대한 인식론을 쉬운 멜로디와 리듬으로 든든하게 구축해놓았다.

바다에서 한밤중에 폭풍우를 만나 필사적으로 노를 저어가는 뱃사공에 관한 이야기가 있다. 어둠 속에서 아버지 곁에 붙어 있던 어린 아들이 물었다.

"아버지 방금 위로 떠올랐다 금방 아래로 가라앉는 저 바보 같은 불빛은 뭐예요?"

아버지는 다음 날 설명해주겠다고 했다. 날이 밝자 그것은 등대의 불빛임이 드러났다. 사나운 파도 때문에 등대의 불빛이 위 아래로 흔들리며 오르내렸던 것이다.

나 역시 격렬하게 요동치는 대양에서 항구로 노를 저어가고 있다. 비록 등대의 불빛이 이리저리 위치를 바꾸는 것처럼 보여도 그 불빛을 주시하면 결국에는 해안에 도달할 것이다.

-괴테, 『이탈리아 여행』 중

빈민의 자장가, 서머타임

한여름이다. 35도를 웃도는 찜통더위가 계속되고 있다. 살인적인 더위라는 말이 실감나는 날들이다. 옥상에 올라가 보니 상추 모종과 치커리가 모두 타버렸다. 느티나무를 심어둔 커다란 플라스틱 통은 녹아 비틀어져 있다. 바람 한 점 없다. 구름만 한두 송이 떠갈 뿐, 인적 없는 도로엔 플라타너스가 축 늘어져 있다. 땡볕에 나서면 사람도 흔적 없이 녹아내릴 것 같다.

까뮈(Camus)의 작품 『이방인(L'Etranger)』에는 뫼르소라는 인물이 나온다. 그는 찍어 누를 듯 내리쬐는 태양 아래서 무고한 아랍인을 향해 방아쇠를 당긴다. 도스토엡스키(Dostoevskii)는 『죄와 벌(Prestuplenie i Nakazanie)』에서 주인공 라스콜리니코프가 7월 무더운 날 저녁에 전당포 노파와 그 조카를 살해하도록 설정했다. 로랑 고데(Laurent Gaudé)의 『스코르타의 태양(Le Soleil des Scorta)』

은 이탈리아 남부 시골 마을을 배경으로 한다. 목숨을 걸고 귀향한 탕자 마스칼조네는 저주처럼 내려쬐는 뙤약볕 아래서 사람들의 돌팔매질에 맞아 죽는다. 불행인지 다행인지 죽기 직전 그는 한 여인과의 짧은 사랑으로 자신의 씨를 남긴다. 여름 더위는 가히 사람을 미치게 하는 데가 있는 것 같다.

짐승들은 새끼를 돌볼 때 가장 사나워진다. 새끼를 보호하려는 본능 때문이다. 적자생존의 살벌한 생태계에서도 어미들만은 유일하게 새끼를 지키기 위해 위험을 무릅쓰고 자신의 몸을 내던진다. 모성애야말로 체내 생식을 하는 동물들의 가장 이타적인 자기희생의 행위라고 할 수 있다. 새끼를 향한 어미의 사랑과 애착은 본능적이면서도 숭고하다.

한 예로 땅에 둥지를 트는 새들은 여우가 접근하면 한쪽 날개가 꺾인 양 푸드덕거리며 여우를 둥지로부터 먼 곳으로 유인한다. 여우는 새끼보다 크고 손쉬워 보이는 먹잇감을 따라 어미 새를 쫓아간다. 포식자가 둥지에서 멀어진 것을 확인한 후에야 어미 새는 푸드덕거리던 몸짓을 멈추고 높이 날아오른다. 어미는 새끼들의 생명을 구했지만 상당 시간 동안 자신을 위험한 상태에 노출시키고 있었다.

대부분의 수컷들은 힘든 구애작전에 성공하여 교미가 끝나고 나면 새끼의 출산과 양육을 암컷에게 미루고 떠나버리는 경향이 있다. 반면 암컷은 홀로 남아 새끼를 출산하고 새끼들이 성장해서 독립할 때까지 먹이를 물어다 나르며 돌본다. 진화생물학자들도 암컷의 성은 착취당하는 성이라고 했다. 그래서 아이를 낳아 길러

보지 않은 사람, 자기희생을 경험해보지 않은 사람은 아무리 나이가 많아도 철이 들지 않는다고 했다.

1970년대 〈월튼네 사람들(The Waltons)〉이라는 미국 드라마가 방영된 적이 있다. 버지니아의 시골마을, 할아버지 할머니를 비롯하여 아버지와 어머니, 8명의 남매가 살아가는 소소한 이야기들을 작가 지망생인 큰 아들 존이 써내려가는 이야기이다. 드라마는 매번 창문의 불빛이 하나 둘 꺼지면서 가족끼리 굿나잇 인사를 하는 것으로 끝이 났다. 〈월튼네 사람들〉을 보면서 언젠가 나도 저렇게 글을 쓰는 사람이 되고 싶다는 생각을 했다. 그리고 아이들을 많이 낳아 큰집에서 북적거리며 행복하게 살아가고 싶다는 생각을 했다.

그러나 인생을 뜻대로 끌어오지 못했다. 삶이란 의도와 달리 전혀 엉뚱한 방향으로 흘러가기도 하는 것이다. 이따금 독실한 가톨릭 신자나 모르몬교 신자들이 아이를 많이 낳아 기르는 모습을 보면 부러웠다. 쌀을 가마니째 들여오고 감자를 몇 상자씩 배달시키고 먹을 것, 입을 것을 가지고 자매들끼리 토닥거린다는 이야기를 들으면 그조차도 부러웠다. 사실 그렇게 아이를 많이 낳아 기르고 싶다는 생각의 바탕에는 사랑과 풍요가 전제되어 있었다.

Summertime and the livin' is easy 여름날 삶은 평화로워

Fish are jumpin' 물고기는 수면 위를 날고

And the cotton is high 목화는 익어가는데

Your daddy's rich and your mamma's good lookin' 아빠는 부자 엄마는 멋쟁이

So hush, little baby, don't you cry 쉿, 아가야 울지 말아라

One of these mornin's 이 좋은 아침

You're going to rise up singin' 너는 노래 부르며 일어나

Then you'll spread your wings And you'll take to the sky 기지개를 늘어지게 켜며 하늘에 닿으리

But till that mornin' 그런 아침이 올 때까지

There's a'nothin' can harm you 아무도 널 해치지 못하리

With daddy and mamma standin' by 아빠 엄마가 지켜줄게

〈서머타임(Summertime)〉은 조지 거슈윈(George Gershwin)의 오페라 《포기와 베스(Porgy and Bess)》 1막과 2막에 나오는 자장가이다 중학교 2학년 무렵 아버지가 세광출판사에서 나온 『학생애창365곡집』을 사주셨다. 여기서 처음으로 〈서머타임〉을 알게 되었다. 아기를 재우며 부르는 자장가 〈서머타임〉은 남부 특유의 더위에 취해 흐느적거리는 모습이 담겨 있다. 이 노래를 한 번 들은 적 없는 중학생도 한여름의 나른하고 습한 공기를 악보를 통해 느낄 수 있었다.

그런데 "물고기는 수면 위를 날고/목화는 익어가는데/아빠는 부자 엄마는 멋쟁이"라는 대목에 와서 딱 범춰버렸다. 낯설고 생경했다. '아빠는 부자, 엄마는 멋쟁이'라니, 책에서든 어디서든 배운 적도 본 적도 없는 생소한 풍경이었다. 아빠는 단벌 신사, 엄마는 잔소리꾼 정도의 가사라면 쉽게 수긍이 갔을 텐데.

바슐라르는 『순간의 미학』에서 모성적 상상력은 물에 대한 무

의식적 갈망을 지배한다고 했다. 모유의 액체성, 유동성의 이미지가 무의식 속에 스며들어 상상력의 세계를 지배하고, 이것은 요람의 흔들림과 직접적으로 연결된다고 했다. 흔들리는 배 위에 누워 하늘을 바라보며 날아가고 싶은 욕망 또한 "너는 노래 부르며 일어나/기지개를 늘어지게 켜며 하늘에 닿으리"의 가사에 나타나듯 모성적 상상력과 근본적으로 맺어져 있다는 것이다.

흑인 빈민가를 배경으로 한《포기와 베스》의 이야기를 알길 없던 나는 〈서머타임〉에서 여름 휴양지의 권태로운 일상을 느꼈다. 그것은 당시 유행하던 프랑수아즈 사강(Francoise Sagan)의 소설, 『슬픔

미국의 작곡가 조지 거슈인의 대표작《포기와 베스》
주인공 클라라가 부르는 자장가 〈서머타임〉을 들으면
미국 남부의 나른하고 습한 공기를 느낄 수 있다.

이여 안녕(Bonjour Tristesse)』이 주는 공허한 이미지와도 비슷했다. 다소 감상적인 제목만 보고 샀던, 머리칼을 풍성하게 늘어뜨린 르누아르가 그린 여자의 그림이 있던 삼중당 문고. 소설은 그림이 주는 안정된 이미지와도 거리가 멀었다. 더는 추구할 것이 없는, 해서 소비와 향락으로 자신을 허비하는 부르주아 아버지와 그 딸의 반항과 일탈이 그려져 있었다.

1970년대 약진의 시대 속에서 교육받고 성장한 중학생에게 권태라는 관능적 쾌감을 느끼며 사는 그들의 모습은 퇴폐적으로 보였다. 마지막 부분, 주인공 세실이 처음으로 느끼는 야릇한 슬픔 또한 사치스러운 감정으로 느껴졌다. 건전하고 건강한 국민정신을 기치로 삼던 시대, 죽도록 열심히 일하지 않고도 긴 휴가를 즐기는 이야기는 중학생에게 도무지 이해가 되지 않았다. 실은 휴가라는 말조차 사치스럽게 들리던 시대였다. 팝에 관심이 많던 때라 악보를 보고 열심히 노래를 불러 보았지만 “So hush, little baby, don’t you cry~~” 거친 목소리로 열창하는 부분에서는 재즈의 넘치는 자유로움과 터질 듯 쏟아내는 고음의 에너지를 알 길이 없었다.

이러한 점 때문에 〈서머타임〉은 지금도 많은 가수들이 가창력을 과시할 때 부르는 중요한 레퍼토리가 되고 있다. 또한 온갖 발성기법과 악기를 동원해서 다양한 방식으로 변주한다. 그 중에서도 재니스 조플린(Janis Joplin)의 노래가 숨 막힐 듯한 무더위를 끈적끈적하게 잘 표현하고 있는 것 같다.

《포기와 베스》는 등장인물이 모두 흑인이다. 이 노래는 주인공 베스와 어부의 아내 클라라가 아기를 어르며 여름의 한가롭고 멋진 생활을 꿈꾸는 노래이다. "아빠는 부자, 엄마는 멋쟁이. 그날이 오기까지, 누구도 널 해치지 못하리." 아기를 위해 부르는 이 노래는 가난한 사람들이 꾸는 풍요의 꿈이었다.

미국의 대표적인 화가 잭슨 폴락(Jackson Pollock)의 작품 중에도 〈Summertime(1948년)〉이 있다. 여기에도 터져 나오는 여름의 생명력과 활기, 넘치는 자유로움이 있다. 일상에 묶여 숨 돌릴 틈 없이 살아가는 현재는 아닐지 몰라도 언젠가 누리고 싶은 들뜬 행복과 열광적인 축제의 세계가 담겨 있다. 물감을 떨어뜨리고 흩뿌려서 모티브가 연속적으로 확장해가는 모습을 보노라면 폴락의 작품 또한 거슈윈의 노래 〈서머타임〉의 회화적 변주가 아닌가 하는 생각이 든다.

바다의 교향시, 근대의 경쾌한 체험

초·중·고가 방학을 시작하고 본격적인 휴가철이 시작되었다. 몰려드는 인파로 전국의 산과 계곡, 바다는 인산인해를 이루고 도로는 차량의 행렬에 몸살을 앓고 있다. 왜 사서 고생하며 힘든 휴가를 떠날까라는 생각을 한 적이 있다. 하지만 떠난다는 것은 중요한 일이다. 새로운 시작을 위해 브레이크 타임은 꼭 필요하다. 격무와 스트레스에 시달리며 팍팍한 삶을 살아가는 현대인들에게 도시를 떠나 일에서 해방되는 시간은 무엇보다 필요하다. 이 시간은 숨 가쁘게 돌아가는 시스템의 전원을 끄고 긴장된 삶에서 한 발짝 떨어져 몸과 마음을 이완시키고 소진된 에너지를 충전시키는 시간이다. 떠난다는 것은 자신의 사회적 존재를 잠시 망각하고 자유를 찾아가는 것이다. 해서 휴가지에서는 온갖 종류의 방종과 일탈이 일어나고 해프닝들이 벌어지기도 한다.

한때 여름마다 강변 가요제, 해변 가요제가 대단한 인기를 누린 적이 있었다. 휴가철이면 키보이스의 〈해변으로 가요〉, 비치보이스의 〈Surfin' U.S.A.〉 같은 노래부터 조용필의 〈여행을 떠나요〉, f(x)의 〈핫 썸머〉 같은 노래들이 어디론가 떠나고 싶은 마음을 부추긴다. 노래를 들으며 그래 이번 여름엔 가자! 결심을 하지만 아직 여름휴가를 제대로 신나게 즐겨본 적이 없는 것 같다.

일제강점기에도 엄연히 바캉스라는 것이 있었다. 바캉스는 주로 구미와 일본에 유학을 하고 온 식자층과 하이칼라 젊은이들이 추구하던 서구풍의 부르주아 문화였다. 가식과 허영이 가미된 이러한 양풍의 문화는 급속하게 확산되었다. 휴가라는 개념 자체가 모호하던 시대에 휴가를 떠난다는 것 자체가 이미 모던하고 새로운 문화의 세계였다. 이것은 근대화의 경쾌한 체험이었다.

어서 가자 가자 바다로 가자
출렁출렁 물결치는 명사십리 바닷가
안타까운 젊은 날의 로맨스를 찾아서
헤이 어서 어서 어서 가자 어서 가
젊은 피가 출렁대는 저 바다는 부른다
저 바다는 부른다

당시 최고의 피서지는 함경도 원산이었다. 원산의 송도원 해수욕장과 명사십리는 고운 모래가 십리나 펼쳐지고 해송과 해당화가 어우러진 최고의 해수욕장이었다. 조선의 관광지 개발에 적극적이던 총독부 산하 철도국은 명승지마다 철도호텔을 짓고 임시 열차를 동원해 손님들을 날랐다. 특히 원산은 해수욕장뿐만 아니라 '원산 골프장', '신풍리 스키장'까지 갖춘 동양 최대의 휴양지였다. 또한 원산은 북한에서 가장 큰 항구였으며 일제의 해군기지가 있는 곳이기도 했다.

최근 북한은 김정은의 지시에 따라 2012년부터 원산-금강산 지역을 대규모 국제관광특구로 개발하기 위해 박차를 가하고 있다. 마식령 스키장을 개발하고 원산국제공항을 건설해 100만 명 이상의 관광객을 불러들이는 국제적인 관광도시로 만들어나갈 계획을 세웠다. 금강산 관광이 재개되면 원산도 남한 관광객들에게 큰 인기를 얻게 될 것이다.

조명암이 작사하고 손목인이 작곡한 김정구의 노래 〈바다의 교향시(交響詩)〉는 1938년 발매되자마자 히트를 쳤다. 원래 교향시(symphonic poem)는 시적이나 회화적인 내용을 표현하는 후기 낭만주의 시대의 관현악곡을 말한다. 조명암은 다소 거창한 노래 제목을 통해 복잡한 경성을 떠나 바다에서 해방감을 만끽하려는 1930년대 젊은이들의 열망을 그리고 있다. 〈바다의 교향시〉는 제목이나 가사가 당시로서는 서구적 세련미가 넘치는 신선한 것이었다. 또한 감상적인 노래가 주를 이루던 당시의 가요 형태를 벗어나는 경쾌하고 발랄한 노래였다.

바다는 확장하려는 욕구를 반영하는 곳이며 자유와 무한한 가능성을 부여하는 공간이다. '젊은 피가 출렁대는' '젊은 꿈이 굼실대는' '갈매기 떼 너울대는' 등의 가사는 식민지라는 위축된 환경 속에서 좌절과 우울을 경험하던 청춘들을 바다로 불러냈다. 이들은 광활한 바다로 도피하여 불황과 실업으로 점철된 경성의 괴로운 현실을 잊고자 하였다. 바다는 식민지 청년들에게 자의식을 회복하고 자신감을 불어넣는 의미 있는 공간이었으며 동경의 장소가 되었다.

근대적인 것은 늘 서구적인 것이나 이국취향과 겹쳐 있었다. 식민지로 편입된 시장 질서 속에는 이미지를 소비하는 관습이나 감각도 함께 수입되었다. 서구적 정취는 서구어와 결합하여 일상이나 대중가요 속에서 외래어가 자연스럽게 등장하였다. 당시 영어를 섞어 쓰는 영어 노출증(혹은 일본어 노출증)은 일반화된 경향이었다. 식민지에서 영어나 일어 능력은 신분 상승의 발판이며 지적 능력을 가늠하는 척도였다. 이것은 새로운 문물을 인지하고 있다는 '차이 기호'였으며 선진 문화에 대한 탐닉이기도 했다. 〈바다의 교향시〉에 등장하는 '로맨스'나 '헤이' 같은 단순한 외래어도 그 자체로 섬세한 감수성의 면모를 드러내며 당대 대중에게 어느 정도 심미적 반응을 남길 수 있었다. 그것은 아이돌 그룹의 노래에 쉬운 영어 가사가 끊임없이 등장하는 것과 같은 원리이다. 당시에도 근대 문명이 가져온 외래어들은 말의 뜻보다 감각적인 정서와 참신한 이미지로 작용하였다.

〈바다의 교향시〉는 일제강점기라는 비참한 시대현실과는 달리 달콤하고 부드럽다. 1930년대말, 새롭고 이질적인 문화와 세련된 이미지들의 제시는 대중에게 막연한 희망을 심어주며 조선의 식민지적 조건을 잠시나마 잊게 하는 환각 효과를 불러일으켰다.

1938년이면 일제 말 전시체제 하에 반강제적인 지원병제도가 실시되고 동원과 수탈이 극심하던 시기였지만, 이러한 가운데서도 일부 지식인과 젊은이들은 전환기가 만들어낸 모순적인 산물들을 주저 없이 받아들이고 즐겼다. 이들이 지향하는 모던은 의식이나 방향성 같은 내면적인 것이 아니라 외면적이고 외양적인 것에 치우치는 면이 강했다.

『메밀꽃 필 무렵』의 작가 이효석은 1935년 작 『계절』에서 해수욕장 풍경을 이렇게 묘사하고 있다. "여름의 해수욕장은 어지러운 꽃밭이다. 청춘을 자랑하는 곳이요, 건강을 경쟁하는 곳이다. 파들파들한 여인의 육체, 그것은 탐나는 과실이요, 찬란한 해수욕복, 그것은 무지개의 행렬이다. 사치한 파라솔 밑에는 하얀 살결의 파도가 아깝게 피어 있다." 해수욕장은 외양적이고 모조적인 것을 대

1930년경 부산 송도 해수욕장의 풍경.
이효석이 작품 『계절』(1935년)에서 묘사한 해수욕장의 풍경이 이렇지 않았을까

표한다는 점에서 '부르주아 유흥장' '에로 100% 환락가'와 같은 신랄한 비판을 받기도 했다. 그러나 일제는 부르주아 문화를 지식인들과 지배집단에 이식시켜 부르주아 문화를 확산시키고 지식인과 대중을 분리하는 방식을 통해 고도의 우민화 정책을 지속할 수 있었다.

70% 이상의 한국인들이 도시 생활을 하고 있다고 한다. 도시인들은 감각적 세계가 전해주는 쾌락의 강렬함과 유용성을 안다. 이들은 여행이나 자연이 주는 힐링의 효과를 누구보다 잘 안다. 일제강점기 급속도로 팽창하던 경성에서 백화점과 네온, 자동차, 전차 등과 같은 새로운 기계문명을 흡수하던 경성 사람들도 마찬가지였다. 모던하고 새로운 것들과의 조응은 장기불황과 경기침체, 취업난 등 도시인들을 둘러싼 수많은 악조건을 잊게 하는 환각제 역할을 하였다.

3만 불 시대에 접어들면서 민족 최대의 명절이라는 설날과 추석에도 고향으로 가는 사람보다 여행을 떠나는 사람들이 계속 늘어나는 추세라고 한다. 복잡한 생각은 접어두고 계곡이든 바다든 무작정 떠나보자. 조용필의 노래 〈여행을 떠나요〉에 나오는 가사처럼 태양의 계절을 마음껏 즐겨보자. "푸른 언덕에 배낭을 메고, 황금빛 태양 축제를 여는, 광야를 향해서 계곡을 향해서."

소나무야! 언제나 푸른 네 빛

한 학기가 끝나고 기말고사도 끝난 주말 오후, 갑자기 공허함이 몰려와 집으로 들어가지 않고 교외로 차를 몰았다. 일상에 쫓겨 바쁘게 살다가 갑작스레 맞닥뜨리게 되는 거대한 시간의 덩어리는 사람을 황망하게 만든다. 앞으로 두어 달 서두를 일 없이 느긋해질 수 있다는 사실이 즐겁지만은 않다. 이제야말로 하고 싶은 일을 하고 읽고 싶은 책을 읽고 듣고 싶은 음악을 마음껏 들으며 온전히 내 시간을 만들어갈 수 있는데 학기가 끝날 때마다 맞이하는 이 씁쓸한 감정과 당혹스러움은 무엇인지.

내가 사는 동네는 조금만 차를 몰고 나가면 인적이 드문 산과 깊은 숲이 보이고 큰 저수지나 호수들이 나타난다. 한마디로 청정지역이다. 차창을 열면 청량한 기운이 한꺼번에 쏟아져 들어온다. 최근 들어 차를 몰고 다니면서 자연 속을 드라이브 하는 것도 걷기

이상으로 마음을 진정시켜 주는 일이라는 것을 알게 되었다. 차갑지만 상쾌한 겨울 공기를 마시다 보면 황망하게 느껴지던 시간이 금세 풍요로움으로 바뀐다.

겨울 산의 풍경은 앙상하다. 하지만 이 앙상함이 허울 좋은 색깔을 떨쳐버린 본질이라 생각하면 이 자체로 나름의 아름다움임을 알 수 있다. 겨울나무들을 보다 보면 구원이나 존재에 대한 생각을 저절로 하게 된다. 모든 장식을 걷어내고 본래의 골격을 드러낸 모습은 정직함과 진정성으로 다가온다. 이 앙상한 나목들 가운데 소나무가 유난히 푸른빛을 띠며 우뚝 서 있다. 추운 겨울이 오고서야 본연의 가치를 제대로 드러내고 있는 것이다.

소나무야 소나무야
언제나 푸른 네 빛
쓸쓸한 가을날이나
눈보라 치는 날에도
소나무야 소나무야
언제나 푸른 네 빛

독일 민요 〈탄넨바움(O Tannenbaum)〉은 본래 성탄절 노래이다. 전나무로 만든 크리스마스트리는 한국어로 번역하는 과정에서 소나무가 되었다. 황량한 산속을 운전하다 보면 이 노래가 저절로 흘러나온다. 가사의 의미가 마음에 와 닿는다. "쓸쓸한 가을날이나/눈보라 치는 날에도/소나무야 소나무야/언제나 푸른 네

병들거나 시들어가는 가지가 있을 때 다른 가지가 그 가지에 영양을 나누어주어 살려낸다는 공생력이 강한 탄넨바움(전나무). 독일 민족의 특징을 닮은 독일을 대표하는 나무라고 할 수 있다

빛". 노래는 소나무에다 인격을 부여하고 있다. 추위 속에서 홀로 선 자의 고독, 소나무는 동양의 형이상학적 이상을 떠받치고 있다. 계절에 따라 색을 바꾸고 낙엽을 떨어뜨리는 여타의 활엽수들과 달리 소나무는 변하지 않는 푸른빛을 고수한다. 푸른 빛은 역경이나 고난이 와도 독야청청 하는 군자의 품성을 상징한다.

추사의 〈세한도〉는 자신을 철저히 고립시켜 성찰하고 내면화하는 모습을 보여준다. 오막살이 옆에 서 있는 소나무는 정적이면서도 역동적이다. 이 소나무를 통해 우리는 억울한 유배 생활 가운데서도 담담하게 자신을 곧추세우고 있는 추사의 내면을 읽는다. 〈세한도〉의 소나무는 단군 신화의 신단수만큼이나 한국인의 근원과 중심을 나타내는 나무로 자리하고 있다. 소나무는 지조와 절개의 나무이며, 휘어진 채로 선산을 지키는 나무이며, 스산하고 삭막한 인생의 겨울에도 좌절하지 않고 도달해야 할 정신적 높이를 보여주는 나무이다. 추사는 절제와 생략을 통해 소나무가 가진 이런 모든 가치를 한 장의 그림 속에 압축해놓았다.

이 몸이 죽어가서 무엇이 될고 하니
봉래산 제일봉의 낙락장송 되었다가
백설이 만건곤할 제 독야청청 하리라

낙랑장송은 가지가 늘어진 키 큰 소나무를 말한다. 조선 전기의 문인이자 사육신인 성삼문의 시조에 나타나는 절개처럼 자고 나면 모든 것이 낡은 것으로 변해버리는 세상에서도 절대 버리지 말아야 할 가치나 미덕이 있는 법이다. 소나무는 어떠한 어려움 속에도 변하지 않는 굳센 믿음과 지조를 보여준다. 눈보라 속에서도 푸르른 그 자체로 사람들에게 살아갈 용기와 힘을 준다. 해서 으뜸이라는 뜻으로 솔(率)이라고 불렀다.

1849년 도스토옙스키는 반체제 비밀 독서클럽에 가입했다는 죄로 정치범이 되어 판결을 기다리며 이런 메모를 썼다. “인간의 내부에는 인내와 생명의 거대한 저수지가 있다. 낙담한다는 것은 죄악이다.” 그리고 사형집행 직전 차르의 특명으로 감형되어 시베리아 강제노동형을 선고받는다. 4년간 강제노동을 하며 그는 인간의 삶과 내면을 끊임없이 탐구하여 명작의 원천을 만들어냈다. 도스토옙스키 스스로도 자신의 인내와 생명력이 그토록 끈질기고 강인하리라고는 생각하지 못했을 것이다. 소나무는 척박한 땅에서 자라는 나무이다. 풍요보다는 결핍이 성장의 거름이 된다. 이러한 점 때문에 〈소나무야〉는 오래도록 교과서에 실려 있었고 지금도 변함없이 애창되고 있다.

양희은의 노래 〈거칠은 들판에 푸르른 솔잎처럼(상록수)〉은 김

19세기 러시아 문학을 대표하는 도스토옙스키.
그가 사망한 지 130여 년이 지났지만 그의 작품은 여전히
현대인의 삶에 지대한 영향을 미치고 있다

민기가 동료 노동자들의 합동결혼식을 위해 작곡한 곡이었다. 이 노래는 1997년 우리나라가 IMF 구제금융을 받게 되면서 경제난국을 극복하자는 공익광고에 쓰이며 널리 알려졌다. "저 들에 푸르른 솔잎을 보라 / 돌보는 사람 하나 없는데 / 비바람 맞고 눈보라 쳐도 / 온 누리 끝까지 맘껏 푸르리라 // 서럽고 쓰리던 지난날들도 / 다시는 다시는 오지 말라고 / 땀 흘리리라 깨우치리라 / 거칠은 들판에 솔잎되리라."

소나무는 한민족과 삶을 같이 하는 나무였다. 아이가 태어나면 금줄에 솔가지를 매달아 액운을 물리쳤으며, 아들이 태어나면 소나무를 심었다. 소나무로 지은 집에서 소나무 갈비나 솔가지로 밥을 지어 먹었고 생활용품이나 가구도 소나무로 만들었다. 죽어서도 소나무로 만든 관에 누워 소나무 숲에 묻혔다. 꿈에 소나무를 보면 벼슬을 한다고도 했다.

일제강점기를 거치면서 소나무는 더욱 특별한 의미를 지니게 되었다. 그것은 '일송정 푸른 솔'에 나타나는 선구자의 이미지이다. 찬바람 휘몰아치는 벌판에서 말을 달리는 투사, 소나무에는 보다 높은 세계를 추구하는 고독한 선구자의 이미지가 각인되어 있다. 문득 이런 생각이 든다. 급격한 변화가 만들어내는 불안과 경쟁 속에서 각자 제몫 챙기고 자기 목소리 내느라 사회가 혼란하지만 그래도 우리 모두의 중심에 든든하게 자리하고 있는 공통의 무엇이란 바로 이런 것이 아닐까 하는.

소나무도 꽃을 피우고 열매를 맺는다. 늦은 봄이면 송화가 피고 암꽃의 열매는 솔방울이 된다. 이따금 차를 몰고 가서 경주의 왕릉을 산책하곤 하였다. 대릉원과 선덕여왕릉의 소나무도 좋지만 흥덕왕릉의 소나무 군락은 소름 끼치는 아름다움이 있다. 울퉁불퉁한 근육을 드러낸 채 엉켜 있는 소나무는 마치 이무기 떼가 승천하려고 온몸을 틀고 있는 것 같다. 친구들과 어울려 울진의 금강송을 보러 가기도 하였다. 소광리의 금강송은 금강석처럼 단단하다고 해서 붙은 이름이다.

"남산 위에 저 소나무 철갑을 두른 듯, 바람서리 불변함은 우리 기상일세." 애국가의 가사처럼 소나무는 총체적 난관을 극복해나가는 강인한 의지와 기상을 상징화하고 있다. 혹독한 환경 속에서 생명 의지는 더욱 강인해진다. 〈소나무야〉는 독일 민요이지만 우리 민족의 전통과 가치관을 노래하며 우리의 노래가 되었다. 세월이 바뀌어도 변하지 않고 본래 가치를 굳건히 지켜나가는, 그것을 두고 우리는 최고의 선이라 부르는 것이 마땅하지 않을까. 수잔 잭슨(Susan Jackson)의 노래 〈Evergreen(상록수)〉처럼 사랑도 그런 것이라야 하지 않을까.

Sometimes love would bloom in spring time

때로 사랑은 봄에 움트고

Then my flowers in summer it will grow

여름이면 꽃을 피우지요

Then fade away in the winter

겨울이 와 찬바람이 불면

When the cold wind begins to blow

꽃잎은 시들어버려요

But when it's evergreen, evergreen

하지만 사랑이 언제나 푸르고 푸르다면

It will last through the summer and winter, too

여름이 지나 겨울이 와도

When love is evergreen, evergreen like my love for you

그대를 향한 내 사랑처럼 언제나 푸르고 푸르다면

언덕 위의 집,
결핍의 시대가 받아들인 유토피아

〈언덕 위의 집(Home on the Range)〉은 19세기 말, 미국 카우보이들의 노래이다. 청교도들이 세운 나라이기 때문일까. 미국 민요는 대체로 찬송가 가락을 연상시키는 노래들이 많다. 한때 로버트 쇼 합창단과 로저 와그너 합창단이 부르는 〈언덕 위의 집〉을 성가처럼 경건한 마음으로 따라 부르던 날이 있었다. 로저 와그너 합창단의 느리고 고요한 피아노 전주는 드넓은 미국의 자연을 그림처럼 펼쳐 보여준다.

오 저 언덕 위 들소들 노닐고
노루 사슴들 뛰노는 곳
걱정 근심 없고 구름 한 점 없는
그 곳에 나의 집 지어 주

언덕 위의 집 노루 사슴들 뛰노는 곳
걱정 근심 없고 구름 한 점 없는
그곳에 나의 집 지어 주

미국에 가서 흔하고 흔한 〈언덕 위의 집〉들을 보며, 음악을 들으며 북받쳐 오르던 상상력의 세계만큼이나 아름다운 세계가 현실에도 있다는 것을 여러 번 확인했다. 성가처럼 느낀 것은 이 노래가 단지 찬송가 풍이기 때문만은 아니다. 이 노래에는 알게 모르게 유토피아적 이상과 위대한 존재에 대한 깊은 신앙심이 개입되어 있기 때문이다.

〈언덕 위의 집〉은 서부를 지상낙원으로 그리고 있다. 일상적 시간과 공간을 벗어난 이상 세계, 낙원에서는 영원히 젊음을 간직한 채 살아갈 수 있다. 사랑과 행복, 노래가 넘쳐흐르는 곳. 〈언덕 위의 집〉을 드넓은 신세계의 지평과 자유에 연결시킨다면 지나친 미화일까? 비옥한 자연과 유토피아적 상상력이 결합할 때 노래는 노래의 한계를 넘어서서 노래 부르는 사람 스스로를 무한하게 확대시키는 힘을 발휘한다.

밤이면 별이 총총 반짝이는 찬란한 저 하늘 아래
나 그 몇 번이나 생각했던가를 저 영광 못 따르리라고
언덕 위의 집 노루 사슴들 뛰노는 곳
걱정 근심 없고 구름 한 점 없는 그곳에 나의 집 지어 주

대평원을 살아가는 카우보이의 노래에는 자유로운 상상력이 흘러넘친다. 또한 시각과 청각을 동시에 환기하는 음악적 원근법을 느낄 수 있다. 이들의 발화는 거창하지만 단순하고 진지하다. 가사와 멜로디에 함축되어 있는 자연의 신비를 노래하다 보면 그것을 만든 위대한 존재에 대한 겸허함과 경외심이 저절로 우러나온다. 그리고 절대자의 존재를 더욱 가까이 실감한다.

무엇보다 이 노래는 깊은 에너지를 발산한다. 세상으로부터 멀리 떨어져 있지만 고독감을 느끼지 않고 오히려 드넓은 세계의 주인이 되어 있는 사람에게서 나오는 에너지이다. 그것은 관조하는 자의 힘이다. 거친 황야에서 위협적인 자연과 싸우는 카우보이들의 삶은 고단하고 힘들었다. 그러나 막대한 자연의 힘을 극복할 때 그것은 엄청난 축복이 되어 돌아왔다. 자연이 거칠수록 아름다운 노래는 더 많아지기 마련이다. 미국의 광활한 자연은 미국 민요에 창의성과 풍부한 상상력을 제공해 주었다. 이 노래가 가지는 미국적 상상력과 보편성, 초월성에 대한 추구는 소로(Henry David Thoreau)나 에머슨(Ralph Waldo Emerson), 멜빌(Herman Melville)이나 휘트먼(Walt Whitman)의 문학이 추구하는 것과 크게 다르지 않으리라. 아름다움이란 이러한 초월적 범주와 전체의 광채라고 하였다.

몽골을 여행하며 광활한 초원을 보았다. 눈부시게 쏟아지는 햇살 아래 지프를 타고 끝없이 펼쳐진 야생화 밭을 돌아다녔다. 시냇물을 건너고 바람을 가르며 구름이 피어오르는 언덕을 넘어 다녔다. 날마다 풀을 뜯는 양떼와 목동들을 만났다. 날마다 풀숲에서

솟구쳐 오르는 종달새의 노래를 들었다. 밤에는 야생화 군락처럼 피어나는 별들을 보았다. 워즈워스의 시에 나오는 '초원의 빛, 꽃의 영광 어린 시간', 다윗이 노래한 '푸른 초장, 쉴만한 물가'가 모두 여기에 있었다.

인공적인 것이라곤 개입되어 있지 않은 자연 그대로의 낙원이었다. 가서 보고 느끼기 전까지는 없는 것이나 마찬가지였던 것이다. 한데 이 아름다운 초원을 즐기는데 바퀴를 타고 다니는 것만으로는 충분하지가 않았다. 끝없이 펼쳐진 초원을 실컷 걷고 마음껏 뒹굴고 싶었다. 한 마리 뱀처럼 온몸을 이슬에 적시며 꽃과 풀 사이

영국 낭만주의 문학을 대표하는 시인 윌리엄 워즈워스. 그의 작품은
자연에 대한 심오한 감수성과 본연적 삶의 근원에 대한 사색과 탐구로 가득하다

를 기어 다니는 것도 좋겠다는 생각이 들었다. 가끔 꽃 대궁인 양 머리를 쳐들고 사방을 둘러보며. 이보다 자연을 즐기는 방도가 있을까 싶었다. 한데 아름다운 초원의 풍경은 영하 40도의 기나긴 겨울을 이겨 내고서야 받은 상이었다. 누군가 이런 말을 했다. 삶에는 무거운 중력만큼이나 상대적인 부력이 항상 있게 마련이라고.

〈언덕 위의 집〉은 일제강점기를 거치며 선교사들을 통해 들어왔다. 근대식 교육을 받은 젊은이들이 이 노래를 배우고 불렀으며 이 노래를 통해 근대적 이상향을 꿈꾸었다. 그것은 봉건적 구태를 벗어난 로맨틱 러브, 스위트 홈에 대한 환상과 기대이기도 하였다. 가사에 나타나듯 집은 신선한 바람을 맞을 수 있고 모든 것을 한눈에 조망할 수 있는 언덕 위에 자리 잡고 있다. 집이 위치하는 장소의 의미는 중요하다. 골짜기의 집이 아니라 언덕 위의 집이라는 것은 이 집의 위상과 가치를 한마디로 알려준다. "걱정 소리 없고 구름 한 점 없는/그 곳에 나의 집 지어 주." 〈언덕 위의 집〉은 좌절의 시대를 살아가는 사람들에게 미화되고 다듬어진 완전한 세계였다.

〈언덕 위의 집〉은 신식 교육을 받은 이들의 허영심을 실현해주는 한 지점이 되기도 했다. 1930년대 세계적인 대불황과 열악한 식민지 경제 현실 속에서 일자리를 찾지 못하고 휘청거리던 지식청년들에게 이 노래는 환상 속에서나마 자신들을 지탱시켜 주는 이상향으로서의 역할을 하였다고 본다. 사회적 제약과 한계 속에서 막연하게나마 꿈꾸는 평등이나 박애 같은 가치는 일종의 정신적 풍요에 대한 갈망이기도 하였다.

〈언덕 위의 집〉은 1970년대 한창 유행했던 남진의 노래, 〈님과 함께〉와 맥락을 같이 한다. "저 푸른 초원 위에 / 그림 같은 집을 짓고 / 사랑하는 우리 님과 / 한 백년 살고 싶어." 님과 함께 살고 싶은 초원 위의 집은 아무런 걱정이 없이 행복하기만 한 곳이며, 이 행복을 누군가 앗아갈 자 없는 안정되고 평화로운 곳이다. 삶이 고달플수록 유토피아는 미화되어 새로운 세계에 대한 기대와 가능성으로 자리 잡았다. 언젠가 꿈이 현실로 실현될 수 있다는 순수하고 강한 믿음은 그것을 가능하게 만드는 원동력이 된다. 이것은 봄에 씨를 뿌리면서 풍년가를 부르는 것과 같은 이치로 일종의 자기 충족적 예언이라 할 수 있다.

〈언덕 위의 집〉은 1980년대까지도 음악 교과서에 실려 있었다. 결핍의 시대를 살아온 사람들에게 〈언덕 위의 집〉은 단지 배불리 먹고 사는 문제를 벗어난 보다 항구적이며 초월적인 이데아의 세계였다. 〈언덕 위의 집〉은 당대의 사회적 긴장과 갈등으로부터 철저히 차단된 공간이었다. 이것은 정치적으로 불안하던 시기, 대중의 강렬한 욕망이 어떤 상징의 차원으로 나타난 것이라고 볼 수 있다.

〈언덕 위의 집〉은 결핍의 시대와 결핍의 세대가 공감하고 받아들인 공통의 산물이었으며, 가난하고 힘든 삶을 살아가는 사람들에게 현실을 벗어나 도달하고자 하는 하나의 목표이자 열린 가능성이 되어 왔다. 그것은 삶의 무게를 현재보다는 미래에 실었다는 증거이다. 〈언덕 위의 집〉은 미국 캔자스 주의 주가가 되었다. 이 노래에 담겨 있는 세계관과 집단적 상징이 일정 부분 공식화 된 셈이다.

〈언덕 위의 하얀 집〉으로 번역된 〈Casa Bianca(하얀 집)〉라는 노래도 있었다. "꿈꾸는 카사비앙카/언덕 위의 하얀 집은/당신이 돌아오는 날을 오늘도 기다리네." 1968년 산레모 가요제에서 입상한 곡으로 패티김, 정훈희 등의 가수들이 불러 우리나라에서도 한동안 유행했다.

한 시대와 한 세대에만 통하는 노래들이 있다. 지금의 젊은 세대들은 〈언덕 위의 집〉과 같은 류의 노래를 부르지 않는다. 그들은 매우 현실적이고 합리적이어서 이런 노래들을 통해서 막연한 이상과 미래를 꿈꾸는 것 같지 않다. 그렇다면 과연 그들이 꾸는 현실적이고 합리적인 꿈은 어떤 것일까?

인간은 늘 지금 여기에 없는 것들을 추구해 왔다. 이제는 교외의 전망 좋은 곳마다 노래가 들려주는 것 이상으로 멋진 집들이 빈틈없이 들어서 있다. 그림에서나 보던 〈언덕 위의 집〉은 현실 속에 실현되면서 유토피아적 상징으로서의 효력이 끝나가는 것 같다.

〈언덕 위의 집〉은 미국 민요임에도 불구하고 한국인의 정서를 건드리는 측면이 컸다. 그것은 민요라는 장르가 누구나 공감할 수 있는 근본적이고 보편적인 가치를 추구하기 때문이다. 또한 음악이야말로 언어와 종교, 국경을 초월하는 막대한 포괄성과 광역성을 지니고 있기 때문이다.

토요일, 토요일 밤에 그대를 만나리

긴 머리 짧은 치마

아름다운 그녀를 보면

무슨 말을 하여야 할까

오 토요일 밤에

토요일 밤 토요일 밤에

나 그대를 만나리

토요일 밤 토요일 밤에

나 그대를 만나리라

초등학교 4학년 때였다. 내게 한 마디 말도 없이 엄마 대신 이모가 담임선생님을 만나러 학교에 왔다. 노란 하이힐에 통통한 허벅지를 드러낸 연두색 미니 스커트를 입고. 지금 생각하면 웃음이 터져 나오지만 그때는 창피했다. 굳이 저런 최신 유행을 차려입고 오지 않아도 될 텐데 하면서.

미니스커트와 긴 생머리, 장발과 청바지, 생맥주와 포크송은 1970년대 청년문화를 상징하는 것이었다. 6·25전쟁 이후 미국식 민주주의와 미국 문화의 영향 속에서 성장한 세대는 이전 세대와는 다른 생활 감각과 문화 취향을 가지게 되었다. 이 시기에는 소위 학사 가수라는 대학생 가수들이 대거 등장하여 대중문화의 세대교체가 본격적으로 이루어지기 시작했다. 한국의 청년문화는 반전, 반체제, 인권운동 등 사회의식과 연결되어 있는 미국의 청년문화와는 달리 미국적인 것을 지향하는 외형적이고 소비적인 문화였다. 그 중에서도 미니 스커트는 신체를 과감하게 드러내는 파격적인 패션으로 도심에서는 유행의 첨단을 달리는 세련된 패션이었지만 동네 골목길이나 시골에서는 쉽게 용납될 수 없는 복장이었다. 젊은 여성이 허벅지를 드러낸 치마를 입고 지나가면 기성세대들은 누구 할 것 없이 눈살을 찌뿌렸다.

미니 스커트는 한동안 경범죄 처벌 대상이었다. 경찰은 대나무 자를 들고 다니며 치마 길이를 쟀고 단속이 심할수록 저항 심리도 커져 길이는 갈수록 짧아졌다. 청년들의 장발도 단속 대상이었다. 장발은 히피 문화의 영향이 컸지만 유신과 긴급조치의 숨 막히는 시대를 탈출하고자 하는 억압 심리의 발산이었다. 경찰과 장발족의 쫓고 쫓기는 추격전은 도심의 드물지 않은 풍경이었다. 당시 최고의 인기 영화 〈바보들의 행진〉에는 장발의 대학생을 검문하던 경찰이 도망가는 이들을 쫓는 추격전이 등장한다. 송창식의 노래

〈왜 불러〉가 이 장면을 더욱 통쾌하고 짜릿하게 만들었다. 그것은 유신정권에 대한 반항의 표시였다.

실제로 여성들의 노출은 하면 할수록 남성들에게 더 어필하는 면이 있다. 짧은 치마와 마찬가지로 긴 생머리 또한 남자가 여자에 대해 갖는 로맨틱한 감정을 자극하는 측면이 크다. 윤기 나는 긴 생머리는 분명 여성성과 청순함을 강조하는 플러스 항목이라고 볼 수 있다. 이 시기에 나온 노래 중에 〈긴 머리 소녀〉가 있다. "빗소리 들리면 떠오르는 모습 달처럼 탐스런 하얀 얼굴/우연히 만났다 말없이 가버린 긴 머리 소녀야/눈먼 아이처럼 귀먼 아이처럼/조심조심 징검다리 건너던/개울 건너 작은 집의 긴 머리 소녀야." 다소 감상적이고 환상적인 긴 머리 소녀는 당시 청년들의 막연한 이상형이었다. 하지만 어른들의 생각은 달랐다. 우리 할머니는 긴 생머리를 하고 다니는 여자들을 보면 "자는 지 엄마가 죽기라도 했나"라며 노골적인 거부감을 드러냈다. 아, 그러고 보니 부모상을 당했을 때 저렇게 머리를 길게 풀어헤치고 곡을 하는 것이 아닌가.

〈토요일 밤에〉는 긴 머리에 미니 스커트를 입은 그녀가 등장한다. 그녀는 아름답다. 토요일 밤이어서 아름답고 긴 머리에 짧은 치마를 입어서 더 아름답다. 주말의 밤은 즐겁다. 엿새 동안 열심히 일하고 주말은 쉬면서 즐긴다. 긴 생머리와 짧은 스커트, 장발과 청바지는 젊음의 활기, 미국의 대중문화와 소비 문화에 대한 선망, 정치적 억압에 대한 저항 등 신세대 청년의 라이프 스타일을 대변하는 것이었다.

〈토요일 밤에〉는 이외에도 여가와 휴식이라는 개념이 1970년대 와서야 보편화되었다는 사실을 알려준다. 그동안은 '잘 살아 보세' '하면 된다' 라는 구호 아래 가난을 벗어나기에도 바빴다. 휴일이 있었지만 쉬는 것은 사치였다. 아직도 기억나는 표어 중에 '착실한 전진의 해' '조국의 미래, 청년의 책임' 같은 것이 있다. 〈토요일 밤에〉는 특별한 부연설명 없이도 토요일은 한 주 동안 쌓인 피로를 풀고 젊음을 발산하며 노는 날이라는 사실을 일반화시켰다. 노래가 전파를 타고 전국으로 퍼져나가면서 쉬는 것이 곧 충전이라는 당위성이 대중에게 인식되기 시작하였다.

〈토요일 밤에〉는 1973년 김세환이 작사, 작곡한 노래이다 이즈음엔 스스로 작사와 작곡을 하고 노래까지 부르는 싱어송 라이터(singer-song writer)가 새로운 대세였다. 대학생들이 자기실현의 방법으로 대중가요에 뛰어들면서 이들의 신선한 감각과 아마추어리즘은 자작곡 가요의 상품성을 더욱 높였다. 이전까지 대중가요가 작가 의식보다는 대중 의식과 대중의 세계에 관심을 가졌다면 이들 학사 출신 가수들은 작품을 통해 일관된 자기 세계와 작가 의식을 보여주었다. 이들의 아마추어리즘은 획일화된 사회 분위기를 벗어나 다양한 스펙트럼을 선보이면서 섬세한 감수성을 통해 보다 나은 세계에 대한 상승 욕망을 자극했다. 이들은 1960년대 미국을 휩쓸었던 록과 모던포크를 받아들였다. 기타 반주에 맞춘 서구 취향의 리듬과 시적이고 낭만적인 스타일은 대중의 주목을 받았다. 이들의 노래는 감정을 과장하거나 강요하지 않는 것으로 눈물과 한으로 얼룩진 트로트의 전형을 완전히 벗어나는 것이었다.

〈토요일 밤에〉는 1970년대를 살아가는 청년들의 자유분방하고 솔직한 일상을 드러낸다. 어둡고 슬프고 무거운 것, 도식적인 것은 지난 시대의 것이었다. 이들 중에는 시골에서 논 팔고 소 팔아 서울로 유학 온 학생들도 있었지만 신세대들은 더 이상 춥고 배고픈 시절의 이야기를 하고 싶어 하지 않았다.

MBC는 〈토요일 토요일 밤에〉라는 타이틀로 주말 쇼프로그램을 만들었다. 시청률을 최대로 높일 수 있는 토요일 저녁 시간에 이 프로그램을 편성하여 집중 투자하였다. 주말 저녁 가족들이 거실에 모여 TV를 시청하는 모습은 1970년대 단란한 가정의 표상이었다. 〈가족끼리 웃으며 노래하며〉〈초원의 집〉〈월튼네 사람들〉 같은 가족을 표방하는 오락 프로그램과 가족 중심의 외화, 건전 드라마들이 수없이 만들어지고 방영되었다.

2절에는 '세상에서 제일가는 믿음직한 그이'가 등장한다. 열심히 일하고 주말에 데이트를 즐기는 연인들의 모습은 아름답다. 선남선녀가 만났는데 가사처럼 무슨 말을 더 하겠는가. 그 자체로 행복하다. 〈토요일 밤에〉는 춤곡 형태의 가벼운 리듬과 멜로디 속에 1970년대를 살아가는 젊은이들의 싱그러운 모습과 미래를 향한 설렘을 담아낸다. 정비석의 『자유부인』에서 보듯 이전까지의 춤이 음란하고 부정적인 이미지를 풍겼다면, 1970년대에 와서는 자유로움을 만끽하는 신세대들의 긍정적인 기호가 되었다. 고속성장 사회에서는 늘 오늘보다 나은 내일이 기다리고 있었다.

주말을 노래하는 곡들 중에는 멜리나 메르쿠리(Melina Mercouri)가 주연한 동명의 영화 주제가 〈일요일은 참으세요(Never on Sunday)〉,

다니엘 분(Daniel Boone)의 〈Beautiful Sunday〉 가 소개되어 꾸준한 인기를 얻었고, 외화 중에는 1970년대 말 존 트라볼타(John Travolta)가 열연한 〈토요일 밤의 열기〉가 흥행 돌풍을 일으키며 고고에 이어 디스코 열풍을 확산시켰다. 1980년대 후반에는 김종찬의 〈토요일은 밤이 좋아〉가 88올림픽의 분위기를 타고 이전의 〈토요일 밤에〉를 연상시키는 커다란 반응을 얻었다.

불과 얼마 전까지만 해도 대부분의 직장이 토요일 오전근무를 했다. 이제는 대부분의 직장이 주5일 근무라 '불타는 금요일'이라는 새로운 유행어가 생겼다. 유흥가나 식당은 금요일이 가장 붐빈다. 하지만 주5일 근무가 보편화된 지금도 강력범죄는 토요일 밤에 가장 많이 발생한다고 한다. 전국의 파출소는 토요일 밤이 가장 바쁘다. 그만큼 토요일은 해방감을 만끽하는 날이라는 것을 단적으로 보여준다.

긴 머리와 미니 스커트, 청바지는 세월이 흘러도 변함없이 유행하고 있다. 이것은 꾸미지 않은 용모와 때 묻지 않은 순수함을 나타내는 젊음의 상징이었다. 젊은 감각을 나타내는 옷이라는 사회적 이미지가 굳어지면서 청바지는 나이를 불문한 패션이 되었다. 또한 세련된 프리미엄진이 생산되어 작업복의 이미지를 벗어버리고 화이트칼라층까지 흡수하면서 세대를 막론하는 소통의 옷으로 발전하였다. 70대 이상의 노년들이 청바지를 입고 다니는 모습은 오히려 멋지고 자연스럽기까지 하다. 이렇게 되기까지는 청바지가 가지는 타이트함과 그것이 만들어내는 힙업 기능, 다리를 돋보이게 하는 특별한 기능이 큰 역할을 하였다. 바로 청년이라는 이미지를 입는 것이다.

토요일은 직장 생활을 하느라 외갓집에 맡겨진 아이가 엄마와 상봉하는 날이기도 했다. 나도 그 중의 한 사람이었다. 특별한 연락 없이도 택시를 타고 도착할 즈음이면 아이는 늘 대문이나 전봇대 앞에 나와 기다리고 있었다. 엄마가 직장으로 떠나고 없는 날이나 야단맞는 날에는 엄마 이름을 부르며 "토요일, 토요일!" 하며 울었다고 한다. 김세환의 노래 〈토요일 밤에〉는 세상살이의 쓰고 단맛이 들어 있지 않아 깊이는 없다. 하지만 이 노래의 가벼움 속에는 '한강의 기적'이라는 경제 발전에서 얻은 자신감과 여유, 미래에 대한 긍정적인 기대감이 묻어 있다.

지복의 세계로, 뱃노래, 뱃놀이

무더위가 계속되고 있다. 하늘 한가운데 불가마가 펄펄 끓고 있으니 온 도시가 숨 막히는 찜통이 될 수밖에. 중국의 고사 토사구팽(兎死狗烹)에서 팽(烹)의 의미를 온몸으로 느끼는 날들이다. 전국의 바다와 계곡은 인파로 몸살을 앓고 있다. 더위를 식히는 데는 물놀이 이상이 없다. 하지만 여름 과일을 챙겨 에어컨 아래서 음악을 듣거나 책을 끼고 빈둥거리며 시간을 보내는 것 또한 나쁘지 않은 피서법인 것 같다.

어린 시절 사내아이들은 주로 자동차나 기차, 배같이 움직이는 장난감들에 집착한다. 또 레고로 성을 쌓으며 논다. 사내아이들은 어른이 되어서도 변함없이 자동차나 배 등 움직이는 것들에 열광한다. 아마 고급 자동차에 대한 집착은 여자보다 남자들이 더할 것이다. 또 어른이 되면 레고 대신 벽돌로 자신의 문명을 쌓아 올린다. 여기에 만족하지 못하면 지출 규모가 더 큰 요트 등을 사서 바다에 띄우고 즐기며 과시하고 싶어 한다.

뱃노래는 원래 노동요에서 시작되었다. 뱃노래는 사공이 노를 저으며 부르는 노래였고, 고기를 잡고 닻을 감을 때 부르는 노래였으며, 무거운 그물을 끌어올릴 때 힘을 합치기 위해 부르는 노래였다. 여럿이 리듬을 타며 힘을 합치면 일이 수월해진다. 노래는 개인을 공동체 속에 융화시켜 사회적 유대감을 강화하고 노동 자체를 즐기게 만든다.

우리나라에도 수많은 뱃노래가 있다. 뱃노래는 서해안과 남해안, 동해안이 다르고 조수 간만의 차이에 따라 지역마다 가락과 리듬이 다르다. 아리랑이 흔하고 많지만 지방마다 다르듯이 뱃노래도 지방마다 다른 개성이 있다. 어릴 때는 우리 민요의 아름다움을 잘 몰랐다. 하지만 나이가 들수록 민요가 가지는 깊은 맛을 터득하고 각기 다른 지방색을 알아가게 되어가는 것 같다.

부딪치는 파도 소리 단잠을 깨우니
들려오는 노래 소리 처량도 하구나
(후렴) 어기야 디야차 어야디야 어기여차 뱃놀이 가잔다
망망한 해도(海濤) 중에 북을 울리며
원포귀범(遠浦歸帆)으로 돌아를 오누나

노동요에서 시작된 뱃노래는 점차 여흥을 위한 음악으로 바뀌어갔다. 사대부 계층의 선비들은 산천이 수려한 곳으로 나가 배를

띄우고 경치를 감상하며 멋과 운치를 즐겼다. 취흥이 오르면 시를 짓고 소리를 했다. 물고기를 잡아 즉석에서 회를 치거나 매운탕을 끓여 먹는 일도 뱃놀이의 중요한 일과였다. 선비들의 풍류는 심신의 여유를 가지고 자연과 더불어 살아가는 멋과 지혜였다. 또한 여유로움을 넘어 자족하고 자신을 다스리며 인생의 이치를 깨닫는 수신의 과정이기도 했다.

안동 하회의 선유(船遊)는 선비들의 시회로 널리 이름이 나 있었다. 양반들의 뱃놀이에는 기생과 악사들이 동원되어 노래와 춤으로 분위기를 돋우었다. 조선에서는 중요한 외국 사신을 맞이할 때마다 한강에 배를 띄우고 선상 시회를 열어 환영연을 베풀었다. 서민들도 뱃놀이를 즐겼다. 삼복이면 강에 나가 낚시를 하고 고기로 매운탕과 어죽을 끓여 먹으며 물놀이를 즐겼다.

공자도 이러한 풍류를 적극적으로 논했다. "악(樂)이 행하니 무리가 맑아져 이목이 총명하고 혈기가 화평하며 풍속을 바꾸고 천하가 모두 안녕하다(故樂行而倫淸, 耳目聰明, 血氣和平, 移風易俗, 天下皆寧)." "도로서 욕망을 제도하면 즐거우면서도 어지럽지 않다(爾制欲, 則樂而不亂)"고 하였다. 악(樂)은 즐거움이다. 그러나 이 악은 그냥 악이 아니라 예악(禮樂)이었다. 공자는 자연 속에서 풍광을 즐기는 이러한 행위를 그동안 학문으로 닦은 수기(修己)를 표현하는 것이라고 했다. 선비들의 뱃놀이는 감정을 있는 대로 표출하고 흥청거리는 놀이가 아니라 적절히 누르고 풀어내는 절제 속에서 이루어졌다. 그것은 유교적 가치가 지배하는 조선의 시대정신이기도 했다. 뱃놀이는 천지만물과 조화를 이루고 그러한 조화를 실천하는 한 부분이었다.

공자의 말씀은 '열심히 일한 자여, 떠나라!'는 현대적 카피의 고전판이라고 볼 수 있다. '열심히 공부한 자여 떠나라!' 떠나긴 떠나되 배운 대로 격을 지키며 놀아라는 말씀이다. 이러한 뱃놀이가 사라졌다고 하지만 아직도 유원지마다 가족들을 위한 유람선이나 데이트 족을 위한 보트놀이 형태로 남아 있다. 하지만 연인들이여, 신중해라. 한배에 탄다는 것은 운명 공동체가 되겠다는 뜻이다.

뱃놀이를 즐기는 것은 동서양이 다르지 않다. 포레(Fauré), 멘델스존(Mendelssohn), 차이콥스키(Tchaikovsky), 쇼팽(Chopin), 호프만(Hoffmann), 라흐마니노프(Rakhmaninov), 바르톡(Bartók) 등을 비롯하여 수많은 음악가들이 '뱃노래(barcarolle)'를 작곡했다. 이들의 뱃노래는 주로 물의 도시 베네치아를 배경으로 곤돌라와 그 위에서 일어나는 이야기들을 담고 있다. 음악가들은 이탈리아를 동경했다. 이탈리아는 일조량이 부족한 북구인들에게 남국이자 태양의 나라이며, 로마제국이 이룩한 찬란한 문화유산을 간직하고 있는 역사와 전통의 나라이며, 르네상스의 발원지이자 예술과 오페라의 나라였다. 베네치아는 당대 예술가들에게 최고의 휴양지였다. 이들은 물 위에 떠 있는 아름다운 도시에서 특별한 영감을 얻었으며 베네치아를 소재로 수많은 걸작들을 쏟아냈다.

뱃노래는 그것이 포레의 것이든 멘델스존의 것이든 잔잔한 물 위에 떠 있는 곤돌라의 흔들림을 전해준다. 그래서 편안하게 들린다. 눈을 감고 안락의자에 느긋하게 몸을 기대면 피아노의 페달과 왼손의 저음이 물의 깊이와 빛깔, 음영을 그려낸다. 오른손은 왼손의 반주 위에서 뱃전을 스치는 물결과 물결 위로 반짝거리며 내려앉는 햇살을 그린다. 그리고 한 프레이즈의 선율처럼 먼 바다로 사라져가는 곤돌라의 모습을 시각적으로 보여준다.

배는 여성성이다. 배에는 여자 이름을 붙인다. 그래서 배를 젓는 곤돌라 사공들이 다 남자들인지 모르겠다. 배의 흔들림은 요람의 흔들림과 비슷하다. 요람을 흔들어 주면 아기가 편안하게 잠이 들 듯 뱃노래를 들으면 요람에 흔들리는 듯한 아늑함이 느껴진다. 물의 깊이를 나타내는 저음은 자궁 속 양수를 떠다닐 때 들었던 엄마의 심장 박동소리와 흡사하다. 멀리서 밀려오는 파도 소리는 엄마

배는 여성성이다. 이 때문인지 배를 젓는 사공은
남자들인 경우가 대부분이다

의 숨소리와 같다. 태아가 양수 속을 유영하며 일생에서 가장 포근하고 풍요로운 시간을 보내듯, 어른들은 뱃노래를 들으며 궁극의 평화를 느낀다.

인간은 양수 속을 떠다니던 원초적 기억을 오래 간직하고 산다. 그것은 최초의 기억이며 최초의 집이기 때문이다. 그러고 보면 뱃노래는 인간이 갈구하는 잃어버린 낙원, 에덴의 상태를 소망하고 있는 것이 아닌가. 배는 엄마의 배와 동음어이다. 인간은 뱃노래나 뱃놀이를 통해서나마 오래전 자궁 속에서 느꼈던 완전한 행복을 재현하고 싶어 하는 것이 아닌가. 서구의 뱃노래들은 분명 영원과 순수를 내재한 유토피아적 감정을 회복하고 싶은 원초적 욕구를 대신하는 측면이 있다. 뱃노래나 뱃놀이를 통해서나마 태아기의 환상과 기억들, 총체성과 완전성을 갖춘 지복의 세계 근처에 다다르고 싶어 하는 것이다.

그러나 음악에 세심하게 귀 기울이다 보면 이곳 베네치아에서 일어나는 갖가지 사연들이 한결같이 즐겁고 행복한 일만은 아니라는 것을 알 수 있다. 예술은 일종의 기호학이며 해석학이다. 모든 것을 드러내지 않는다. 예술은 우회하는 것이고 숨기는 것이며 감추면서 보여주는 이중성을 지닌다. 오히려 감춤을 통해서 보다 많은 것들을 드러낸다.

아름다움은 복합적인 것이다. 뱃노래, 바르카롤은 여흥 이상의 탐미적인 측면이 강하다. 밀란 쿤데라(Milan Kundera)는 음악이 무거운 것들을 공명시켜 삶의 표면 위에 떠오르게 만든다고 했다. 그러고 보니 수로 위에 떠 있는 곤돌라들이 하나하나의 음표 같이 느

폴란드가 낳은 최고의 작곡가이자 피아니스트인 쇼팽.
그의 작품은 섬세한 기교와 표현력으로 관객을 사로잡았다.
그를 피아노의 시인이라 칭하는 것에 누구도 이의가 없을 것이다

껴진다. 어쩌면 베네치아라는 도시 자체가 물 위에 떠 있는 한 척의 곤돌라 같기도 하다.

쇼팽의 바르카롤을 반복해서 듣는다. 크리스티안 짐머만(Krystian Zimerman)의 연주가 햇빛 찬란한 베네치아의 바다로 나를 데려간다. 뱃노래는 유쾌한 유희이며 영원을 향한 동경이며 불멸의 욕망이다. 그래서 즐거우면서도 심각하다.

아름다운 이 밤아 사랑의 밤이여
맑은 별이 춤춘다 사랑의 밤이여
봄의 밤을 아껴라 이 밤은 흐른다

기쁜 노래 불러라 그 고운 목소리로

옛날의 노래 다시 불러보라

솔솔 부는 바람 부는 바람이여

-호프만, 〈뱃노래〉 중

코즈모폴리턴의 대중을 위한 음악

음악은 때로 서술이며 묘사이다. 문학이나 미술과 마찬가지로 자연을 묘사하고 풍경을 그대로 재현한다. 음악은 기본적으로 소리 자체의 아름다움을 추구하지만 소리로 대상을 그리려 하는 회화적 성격 또한 매우 강하다. 음악은 자체의 형식을 통해 완벽한 건축적 구조를 만들어내고 선율이나 주제, 주제 전개 방식 등을 통해 인간관계에서 나타날 수 있는 갖가지 형태의 갈등과 화해, 조화를 구체적으로 그려낸다.

음악의 이러한 측면은 18세기에 탄생한 근대소설에 직접적인 영향을 미쳤다 해도 과언이 아니다. 근대소설은 인간 경험의 구체적인 모습을 심미적으로 재현한다. 그러기 위해서는 치밀한 플롯이 필요하고, 이러한 측면에서 근대소설은 음악의 형식 구조에서 상당한 영향을 받았다고 볼 수 있다. 근대소설의 이상이 인간에 대한 탐구이듯이, 음악에서 형식과 구조, 선율과 화성에 대한 탐구는 인간의 내면에 대한 탐구이다.

헨델(Händel)의 음악은 회화적 성격이 강하다. 그의 음악은 회화적 상징으로 자연을 자주 인용한다. 그가 음표라는 기호를 가지고 장면을 묘사하고 풍경을 암시하는 기법은 탁월하다. 헨델의 음악을 반복해서 듣다 보면 눈앞에 목가적인 풍경이 펼쳐진다. 그것은 주로 근경이 아니라 원경이다. 느린 악장을 반복해서 연습하다 보면 멀리서 한가로이 풀을 뜯는 양 떼들처럼 초원의 자유와 평화를 마음껏 누릴 수 있다. 면밀하고 이지적인 바흐(Bach)의 음악과 달리 헨델의 음악은 다소 평이하다. 대신 폭넓은 대중성이라는 장점을 가진다. 〈수상음악(Water Music)〉과 〈왕궁의 불꽃놀이 음악(Music for the Royal Fireworks)〉이 이런 대중성을 대표하는 곡이다.

〈수상음악〉은 회화적이다. 이 곡은 영국 왕 조지 1세(George I)의 뱃놀이를 위해 만든 곡으로 1717년 7월 17일 템스 강에서 초연하였다. 〈수상음악〉은 음악적 근경과 원경을 고루 보여준다. 헨델은 3개의 모음곡으로 이루어진 합주협주곡 형식으로 음악을 작곡하였다. 그는 야외 연주에서 멋있고 효과적인 사운드를 만들어 내기 위해 현악기보다 목관과 금관악기에 중점을 두고 악기를 편성하였다. 헨델은 당시로서는 대편성이라 할 수 있는 50여 명의 연주자와 악기들을 싣고 왕의 배 근처를 맴돌며 음악을 연주하였다. 왕의 배가 가까이 접근했을 때는 느리고 조용한 음악을, 멀어질 때는 웅장하고 빠른 음악을 연주하였다.

〈수상음악〉은 물의 상쾌하고 청신한 기운을 온몸에 전해준다.

조용히 듣고 있으면 지나가는 배들의 화려한 모습과 사람들의 표정, 배의 흔들림과 튀어 오르는 물보라, 잔잔하게 불어오는 강바람까지 음악이 이 모든 것들을 시각적으로 그려내 보여준다. 조지 1세는 헨델의 〈수상음악〉에 대단히 만족해서 배가 1시간가량 왕복하는 동안 세 차례나 다시 연주해줄 것을 요청했다. 〈수상음악〉은 기품이 있으면서도 사람을 유쾌하게 해주는 청량감 넘치는 음악이다. 어느 음악 학자가 이런 말을 했다. 음악을 즐기는 비결은 인생을 즐기는 비결과 같은 것이라고. 무더운 여름 〈수상음악〉을 들으며 템스 강을 거스르는 왕의 기분을 느껴보는 것도 음악을 즐기는 좋은 방법이 될 것 같다.

고려의 왕들은 대동강에서 자주 뱃놀이를 열었다. 조선시대 평양에서는 새로 부임하는 관찰사나 평양을 거쳐가는 사신들, 외교사절단을 위해 선상연회를 베풀었다. 성곽에는 횃불을 밝히고 집집마다 등불을 달도록 하여 대낮같이 환해진 강에 수십 척의 배를 띄웠다. 모래펄에는 횃불을 들고 연회를 구경하러 모여든 백성들로 가득했다. 〈평양감사향연도〉 〈평양감사환영도〉 등의 기록화에는 이러한 모습들이 사실적으로 그려져 있다.

뱃놀이가 밤에 열리는 때에는 불꽃놀이가 필수적으로 따른다. 축제의 밤에 벌이는 불꽃놀이는 거창하고 화려하다. 〈왕궁의 불꽃놀이 음악〉은 오스트리아 왕위 계승 전쟁을 종결시키는 아헨조약(1748년)을 축하하기 위해 영국 왕 조지 2세(George II)가 헨델에게 의뢰한 음악이었다. 〈왕궁의 불꽃놀이 음악〉은 리허설에도 1만 2000여 명의 인파가 몰려드는 바람에 런던브리지가 막히고 심각한 교통체증이 일어났다. 1749년 4월 27일, 헨델은 런던 그린파크에서 〈왕궁의 불꽃놀이 음악〉을 초연하였다. 장대한 음악이 울려 퍼지고 불꽃놀이가 열리는 가운데 축제 분위기는 절정에 달했다. 헨델은 야외공연이라는 점을 고려하여 목관과 금관악기들로 거대한 오케스트라를 구성하여 음향효과를 최대화하였다.

헨델의 음악은 외향적이다. 그는 솔직하고 개방적인 음악을 원하였으며 깊이보다는 폭이 넓은 음악을 추구하였다. 이것은 자연스럽게 대중성을 지향하는 태도로 나타났다. 헨델은 유럽을 여행하며 이성과 합리주의, 자연주의와 범지구적인 것을 표방하는 계몽주의의 영향을 받았다. 〈수상음악〉과 〈왕궁의 불꽃놀이 음악〉은 헨델의 인간 중심의 세계관을 반영하는 작품이다. 활기차고 낙천적인 이 곡들은 절대왕권 시대의 군주를 위한 음악이었지만, 실은 구름처럼 몰려든 시민들을 위한 축제의 음악이었다. 이것은 현대의 디즈니 영화처럼 보통 사람들에게 잠시나마 마법과 몽상, 기적이 준비되어 있는 환상의 세계를 보여주었다.

2002년에는 영국 여왕 엘리자베스 2세(Elizabeth II)의 취임 50주년 기념 연주가 버킹엄 궁 정원에서 열렸다. 런던 필은 추첨을 통해 입장권을 얻은 1만 2000명의 관객과 여왕을 모시고 〈왕궁의 불꽃놀이 음악〉을 연주했다. 제4곡 레쥐상스(réjouissance)에서는 화려한 음악 속에 장대한 불꽃놀이가 시작되었다.

헨델은 독일 계몽주의의 중심지 할레에서 태어나고 자랐다. 18세가 되던 해에는 한자동맹(Hanseatic League)의 중심이자 문화의 중심지이던 함부르크로 떠난다. 함부르크에서 그는 오페라로 대

조지 1세의 뱃놀이를 위해 만든 〈수상음악〉(1717년)을 초연하는 모습(위)과 조지 2세의 의뢰로 만든 〈왕궁의 불꽃놀이 음악〉(1749년)을 초연하는 모습(아래). 모두 템스 강에서 이루어졌다

성공을 거두지만 다시 메디치 공의 후원을 받아 오페라의 본 고장인 이탈리아로 간다. 고향을 떠난다는 것은 예술가의 성장에 중요한 의미를 지닌다. 고향은 보호받을 수 있는 안정된 곳이지만 새로운 지식을 흡수하거나 고된 수련을 겪으며 발전을 기약할 수 있는 곳은 아니다. 헨델은 4년간 이탈리아를 여행하며 이탈리아 음악의 진수를 온몸으로 받아들인다. 그의 음악에 나타나는 명쾌함과 호탕함, 힘찬 화성 등은 이 시기에 본격적인 토대를 마련한 것이라 볼 수 있다.

헨델은 독일 태생이지만 이탈리아에서 음악 수업을 하였고 이탈리아적 감수성을 가지고 있었으며, 영국에서 활동하고 마침내 영국인으로 귀화하였다. 그는 한 지역에 머무르거나 지역성을 주장하지 않았으며, 독일과 이탈리아, 영국, 프랑스 등 각기 다른 지역에서 생성되는 음악적 요소들을 융합하여 그만의 특별하고 새로운 성과물들을 만들어냈다. 다양한 지식을 융합하여 핵심을 추출해내고 거기서 새로운 가치를 창출해내는 것이 창조라면 그는 이미 18세기에 진정한 글로벌 인재로서 창의적이고 창조적인 삶을 살았다. 그는 보다 폭넓은 세계를 지향하였으며, 음악으로서 완전히 조화를 이룬 세계인이 되었다. 헨델을 음악의 어머니, 또는 코즈모폴리턴이라 부르는 것은 그의 포용성과 풍요로움을 인정한다는 점에서 적절한 평가라 할 수 있다. 그는 허식 없는 태도로 대중과 호흡하는 실천적 예술을 이루어냈다. 〈수상음악〉과 〈왕궁의 불꽃놀이 음악〉은 지금도 야외 음악 행사에서 가장 많이 연주하는 곡 중의 하나이다.

2012년은 엘리자베스 2세의 취임 60주년이었다. 이날을 기념하는 수상 퍼레이드가 템스 강에서 성대하게 열렸다. 여왕은 왕실의 배를 타고 1000여 척의 호위선을 앞세우고 타워브리지 근처에서 장관을 연출했다. 여기서 헨델의 〈수상음악〉을 연주하였을까? 여부는 알 수 없다. 이 시대는 더 이상 절대군주의 시대가 아니고 불경기와 여론을 의식한 때문인지 외신은 퍼레이드에 음악을 연주하였는지에 대해선 아무런 소식도 전해주지 않았다.

#3장

떠돌며
생각한다,
그대를

윤동주 시인의 언덕
Hill of poet yundongj

고향의 봄, 우리들의 잃어버린 낙원

나의 살던 고향은 꽃 피는 산골
복숭아꽃 살구꽃 아기 진달래
울긋불긋 꽃 대궐 차린 동네
그 속에서 놀던 때가 그립습니다.

〈고향의 봄〉은 한국인이 가장 많이 부르는 동요이다. 어린아이에서부터 노인에 이르기까지 이 노래를 모르는 사람은 거의 없다. 오랜 세월 동안 흔하게 불리어져서 재미없는 노래라 생각하는 사람도 있을 정도이다. 이 노래는 1926년 〈어린이〉지에 실린 이원수의 시에 홍난파가 곡을 붙였다. 홍난파는 일찍이 동요 운동에 관심이 많았다. 1924년 7월 7일자 동아일보 논평에서 그는 "색동저고리를 입은 소년 소녀가 카페에서 유행하는 속가류를 노래하게 하는 것은 (어른들의) 추태"라고 지적한다. 홍난파는 이러한 신념을 가지고 〈고향의 봄〉 외에도 〈낮에 나온 반달〉 〈퐁당퐁당〉 〈달마중〉 등 수많은 동요들을 작곡했다.

1920년대는 창작 동요들이 쏟아져 나온 시기였다. 이러한 현상은 아이들이 부를 수 있는 노래가 전혀 없던 척박한 현실에 대한 반성이었으며, 3·1운동 이후 일제의 문화정책을 기회삼아 시작한 민족문화운동 차원의 어린이 교육운동이라 할 수 있었다. 창작 동요의 효시인 「설날」과 「반달」(윤극영 시, 윤극영 곡)을 비롯하여 박팔양의 「할미꽃」, 한정동의 「따오기」, 유도순의 「고드름」 등의 시에 윤극영이 곡을 붙였다. 「맴맴(윤석중)」 「오빠 생각(최순애)」 「누가 누가 잠자나(목일신)」 「어린 음악대(김성도)」 「오뚜기(윤석중)」 「산바람 강바람(윤석중)」 등에는 박태준, 박태현, 김성도, 권태호 등이 곡을 붙였고 이 노래들은 빠른 속도로 전국에 보급되었다.

〈고향의 봄〉은 풍요로웠던 유년의 한 단면을 보여준다. 세상이 나를 에워싸고 돌아가던 때, 하지만 그 시절, 그곳, 함께 놀던 동무들은 사라지고 없다. 〈고향의 봄〉은 추억과 회상을 통해 끊임없이 과거의 행복했던 시간들을 불러온다.

1920년대는 척박한 시기였다. 1910년에서 1918년에 이르는 일제의 대규모 토지조사사업으로 농민들은 급격하게 몰락하였고, 1920년부터 시작한 '산미증식계획'으로 농촌은 거의 황폐화되었다. 자작농들은 몰락해서 일본인 지주 아래 소작농이 되었고, 소작농은 화전민이 되거나 도시 변두리에서 날품팔이로 연명하는 경우가 늘어났다. 대규모의 떠돌이 걸인 집단이 생겨나기도 했다. 식

종로구 홍파동 홍난파의 집. 1930년 독일인 선교사가 지은 서양식 근대 가옥으로
홍난파는 이곳에서 생을 마감하는 1941년까지 약 6년간 머물렀다

민 권력의 근원적이고 총체적인 수탈 아래 먹고 살길을 찾아 일본, 만주, 연해주 등으로 떠나는 이주자의 수는 거의 100만에 달하는 실정이었다. 1927년에는 화전민 수만 120만을 웃돌았다.

〈고향의 봄〉에 나타나는 상실의 정서는 일제강점기라는 시대 상황과 민중의 현실을 직접 반영하는 것으로, 봄으로 상징되는 유년의 상실뿐만 아니라 고향 상실, 님의 상실, 국권 상실 등 여러 의식들을 총체적으로 형상화하고 있다. 일제의 압제 하에서 '봄'이나 '님' '고향'은 그 자체로도 정치적 상황에 대한 저항의 의미를 가지는 것이었으며, 광복이나 독립 같은 광의적 의미를 환기하는 것이 될 수 있었다. 1926년에 발표한 이상화의 시 「빼앗긴 들에도 봄은 오는가」, 한용운의 시 「님의 침묵」 등은 이러한 시대 분위기를 더욱 고조시켰다. 〈고향의 봄〉은 실재하는 고향뿐만 아니라 잃어버린 조국의 등가물로서 형이상학적 의미를 염두에 두는 의미 확장이 이루어지기 시작했다.

"꽃동네 새동네 나의 옛 고향 / 파란 들 남쪽에서 바람이 불면 / 냇가의 수양버들 춤추는 동네 / 그 속에서 놀던 때가 그립습니다." 고향을 향한 그리움을 통해 상실과 결핍을 위로받고자 하는 모습에는 이 시기 대량으로 발생한 국내외 유이민의 고달픈 삶이 직접 연관되어 있다. 널리 알려진 정지용의 시 「향수(1927년)」도 식민지 현실에서 비롯된 낙원 상실과 비애의 정서를 담고 있다. "넓은 벌 동쪽 끝으로 / 옛이야기 지줄대는 실개천이 휘돌아 나가고 / 얼룩백이 황소가 / 해설피 금빛 게으른 울음을 우는 곳 // 그곳이 차마 꿈엔들 잊힐리야 // 질화로에 재가 식어지면 / 비인 밭에 밤바람 소리 말을 달리고 / 엷은 졸음에 겨운 늙으신 아버지가 / 짚베개를 돋아 고이시는 곳 // 그곳이 참하 꿈엔들 잊힐리야."

안정된 정착지가 아닌 타향에서의 삶은 끝임 없이 고향으로의 회귀를 꿈꾸게 만들었다. '파란 들 너머 남쪽에서 불어오는 바람'은 필시 좋은 소식을 알리는 봄바람이다. 수양버들은 기쁜 소식에 너울너울 춤을 추고 있는 것만 같다. 하지만 옛 고향에서의 추억일 뿐, 화자는 '그 속에서 놀던 때가 그립습니다'라는 반복의 문맥을 통해 그리운 심정을 강조하며 잃어버린 과거를 복원하고자 하는 간절한 소망을 드러낸다.

이들이 돌아가고자 하는 고향은 가난에 찌들린 고향이 아니라 '울긋불긋 꽃 대궐 차린 동네', '꽃동네 새동네'에 나타나듯 의식 속에서 미화되고 다듬어진 완전한 고향이었다. 이것은 생활 근거지로서 구체적인 고향이 아니라 이상화되어 있는 고향이었으며 이산의 아픔이 없는 조화롭고 풍요로운 세계였다. 실향이라는 사회적 운명 속에서 식민지인들은 자학과 패배주의에 찌들려 있는 경우가 많았다. 그러나 〈고향의 봄〉은 '그 속에서 놀던 때'가 가지는 견인력을 통해 시대 전횡에 휘둘리는 이들에게, 고향을 상실한 채 타관을 떠도는 모든 식민지인들에게 암담한 현실을 이겨나가게 하는 원동력이 되었으며 정체성을 확립할 수 있는 한 지점이 되었다.

현실이 추할 때 인간은 과거의 삶에 아름다움을 부여함으로써 어려운 상황을 참고 견딘다. 〈고향의 봄〉은 언젠가 다시 아름다운 고향을 실현할 수 있다는 믿음을 심어주는 노래였다. 이 노래에는 인류가 장구한 세월 동안 꿈꾸어 온 낙원의 모습이 담겨 있다. 꽃 피고 새 우는 산골, 푸른 들 너머로는 봄바람이 불어오고 냇가에는 수양버들이 춤을 춘다. 우리가 흔히 보아왔던 '이발소 그림'의 풍경과 비슷하다. 아름다운 자연과 따뜻한 보금자리가 있는 이곳은 모든 결핍과 고통이 해소되는 약속의 땅이다.

〈고향의 봄〉은 4/4박자, 두도막 형식, Ⅰ도(도미솔), Ⅳ도(파라도), Ⅴ도(솔시레), 3개의 화음으로 이루어진 단순한 노래이다. 기본화음만 썼지만 펼침화음을 이용해서 곡 전체를 단조롭지 않게 구성했다. 〈고향의 봄〉은 누구나 배우기 쉬운 노래이다. 초등학교 아이들이 리코더나 풍금으로 가장 많이 연주하던 노래가 이 노래였다. 또 수많은 어린이 합창단의 단골 레퍼토리이기도 하다. 단순함은 모든 장식과 수사를 제거한 본질을 말한다. 단순함은 때 묻지 않은 동심을 나타낸다.

〈고향의 봄〉은 7.5조의 전통 율격으로 이루어져 있어서 친숙하고 편안하다. 이 노래는 김대중 전 대통령을 비롯하여 수많은 명사들의 애창곡이었다. 하지만 홍난파와 이원수의 친일 행적이 문제가 되고 2008년 민족문화연구소가 정리한 『친일인명사전』에 이들의 이름이 올라가면서 초등학교 교과서에서 완전히 사라졌다. 그러나 홍난파와 이원수의 생애와 예술을 친일이라는 한 단어로 재단하기엔 너무나 복잡한 측면이 많다. 이들이 음악사와 아동 문학사에 남긴 업적과 자취도 커지만, 광복 70년이 된 지금은 이들의 삶 전체를 균형 있게 들여다보는 폭넓은 시각이 필요한 시점이다. 어쩌면 친일이니 반일이니 하는 극단적인 단죄는 그 시대보다 더 복잡하게 얽힌 사회구조 속에서 살아가는 우리 스스로에 대한 도덕적 위선일 수도 있다.

2007년 서울시는 홍난파의 옛집을 사들여 개보수를 마쳤다. 2008에는 음악인들이 모여 홍난파를 기리는 제1회 추모음악회를 열었다. 이원수의 성장지이자 노래의 배경이 된 창원에서는 해마다 '고향의 봄 축제'를 열고 있다. 이원수는 「고향의 봄」 외에도 「겨울나무」 「자전거」 「장터 가는 날」 「저녁」과 같은 현실 참여적인 동시들을 많이 썼다. 그의 시는 먹고 살기도 벅찼던 시절을 그대로 담고 있다.

보름 만에 한 번씩 먼 길 사십 리 / 읍내 장에 심부름 가는 날이면
휘파람 불며 불며 남산 뒷길에 / 아빠 무덤 지나갈 제 눈물 납니다
저녁길이 늦어도 읍내 공장에 / 실 뽑는 우리 누나 만나보고요
잘 가거라 소리를 생각하면서 / 혼자 오는 달밤 길은 쓸쓸합니다
-이원수, 「장터 가는 날」

고향 지향은 근원에 대한 회귀 지향이라고 할 수 있다. 여우도 죽을 때는 머리를 고향 쪽으로 두고, 연어도 온갖 시련을 헤치고 모천으로 돌아와 알을 낳는다. 〈고향의 봄〉은 고향을 잃은 식민지 대중뿐만 아니라 해방과 6·25를 거치며 고향을 떠나 살 수밖에 없었던 실향민들의 정체성을 확보해주는 온전한 장소가 되었다. 또한 1960~1970년대 경제 개발과 산업화가 본격적으로 진행되면서 일자리를 찾아 무작정 이농한 사람들의 망향까지도 절절히 달래주는 노래가 되었다.

가스통 바슐라르는 『공간의 시학』에서 '겨울은 가장 나이 많은 계절'이라고 했다. 〈고향의 봄〉은 겨울같이 혹독하고 무기력한 현실 속에서도 만물이 소생하는 새 세계를 꿈꾸었다는데 의의가 있다. 〈고향의 봄〉은 어린이를 위한 노래였지만 대중의 보편적 염원을 담으면서 세월이 흘러도 퇴색하지 않는 만인의 노래가 되었고 애국가보다 더 많이 불리어지는 민족의 노래가 되었다.

눈을 감고 〈고향의 봄〉을 불러본다. 가사를 음미하다 보면 어릴 때 놀던 강가와 뒷동산의 봄 풍경이 어른거린다. 다시 돌아갈 수 없는 낙원. 잃어버린 것, 지나가버린 것들은 모두 아름답다. 가사

와 가락이 지니고 있는 단순성과 보편성의 위대한 의미를 다시 생각해본다.

청라언덕 위에 백합 필 적에

어릴 적 책장 위에 쌓인 책 더미에서 아버지가 쓰시던 낡은 책들을 뒤져보곤 했다. 기억나는 것 중에는 신학서적 외에도 『목양민 칼럼』 『가나안으로 가는 사람들』 『바이런 시집』 『작고 시인선』 등등이 있었다. 『목양민 칼럼』에는 감동적인 에피소드들이 많이 실려 있었다. 『바이런 시집』에서는 「최고봉에 오른 자의 슬픔」을 읽은 기억이 난다. 아버지는 가끔씩 책을 자루에 담아 마당 귀퉁이로 끌고 가서 태우곤 하셨는데, 1950년 서정주가 편집한 정음사 간 『작고시인선』은 일찌감치 내가 챙겨서 분서의 위기를 면했다. 김소월, 윤동주, 이상 같은 시인 말고도 오일도, 이장희, 홍사용 같은 특별한 시인이 있다는 것을 이 책을 통해서 알게 되었다.

그날은 미처 보지 못했던 고등학교 교과서 더미를 발견했다. 초등학생이 보기엔 두껍고 딱딱한 내용의 책들 속에 판본이 크고 얇은 음악책이 보였다. 거기에 〈산길〉과 〈동무 생각〉이 있었다. 어둡고 무거운 가사의 〈산길〉과 달리 〈동무 생각〉은 봄, 여름, 가을 겨울 계절에 따라 가사를 붙인 밝고 낭만적인 내용이 담겨 있었다. 악보도 단순했다. 단숨에 노래를 배웠다.

〈동무 생각〉은 가락과 가사가 주는 이미지처럼 순수하고 때 묻지 않은 사랑과 우정을 노래한다. 박태준(1900~1986년)은 현제명과 더불어 대구 출신의 음악가이다. 계성학교 시절 그는 날마다 자기 집 앞을 지나 등교하는 신명학교 여학생 유인경을 좋아하였다. 짝사랑이라는 것이 그렇듯 유인경을 향한 그의 사랑도 상대가 눈치 못 채도록 혼자 애태우다 그친 일방적인 것이었다. 시간이 흐른 후 박태준은 이 이야기를 마산 창신학교의 동료인 이은상에게 들려주었고, 이은상이 즉석에서 가사를 만들어 1922년 〈동무 생각〉이라는 새로운 한국 가곡이 탄생하였다.

봄의 교향악이 울려 퍼지는 청라언덕 위에 백합 필적에
나는 흰 나리 꽃 향내 맡으며 너를 위해 노래 노래 부른다
청라언덕과 같은 내 맘에 백합 같은 내 동무야
내가 네게서 피어날 적에 모든 슬픔이 사라진다

〈동무 생각〉은 4/4박자에 곡 전체가 매우 단순하고 동요적인 리듬 형태를 보인다. 아직 창가 형식을 탈피하지 못하였고 찬송가의 영향도 남아 있다. 하지만 후반부에서 9/8박자로 박자를 바꾸는 기법을 통해 선율과 리듬의 변화, 감정의 점진적 고조를 추구한

다. 이것은 화자의 사랑이 순수하지만 진심어린 감정이라는 것을 나타내는 방식이다. 반음계적 화성과 복잡한 리듬 변화는 내면의 불안하고 미묘한 심경을 나타내는 것이다. 그러나 이들의 사랑은 노래에 나타나는 가락과 화성처럼 단순하고 순수한 것이었다. "나는 흰 나리 꽃 향내 맡으며 너를 위해 노래 노래 부른다." 이렇듯 사랑이란 자기도 모르게 온갖 멜로디가 가슴속에서 끊임없이 솟아나는 것이다.

〈동무 생각〉은 청라언덕을 배경으로 하고 있다. 이곳은 일찍이 미국 북장로회 소속 선교사들이 달성 서씨 문중으로부터 동산을 사들여 대구 선교의 중심으로 삼은 곳이다. 청라는 푸른 담쟁이를 말한다. 이 일대 붉은 벽돌로 지은 선교사 사택들은 지금도 변함없이 푸른 담쟁이넝쿨로 뒤덮여 있다. 봄에는 온갖 꽃들이 교향악을 울리듯 만발한다. 근대의 자취가 아련하게 남아 있는 경관에다 박태준과 유인경의 이야기가 곁들여져 청라언덕은 더욱 로맨틱한 장소가 되었다.

이 노래는 발표되자마자 당시 청년들을 중심으로 널리 퍼져나갔다. 1920년대는 연애의 시대였다. 연애는 정신적인 사랑을 통해 평등한 남녀관계를 도모하려는 것으로 개인성의 발견이었으며 남녀의 낭만적 애정 그 이상의 차원을 내포하고 있었다. 연애는 봉건적인 억압과 관습, 낡은 제도에 대한 저항이자 신식교육을 받은 청년들의 새로운 문화 코드였다.

〈동무 생각〉은 이런 모든 의식들을 노래에 담고 있었다. 이 곡은 1절에서 4절, 봄에서 겨울에 이르기까지 오로지 '너'와 '나'의 관계

푸른 담쟁이 '청라'.
대구 선교의 중심이었던 청라언덕에는
담쟁이넝쿨이 붉은 벽돌로 지은
선교사 사택을 가득 덮고 있다

에만 집중한다. 그러면서도 당대 매스컴을 장식하던 연애열풍처럼 이룰 수 없는 사랑을 비관한 자살이나 정사 같은 비극적이고 퇴폐적인 결말로 치닫지 않는 건전한 것이었다. 이러한 점에서 〈동무 생각〉은 순식간에 젊은이들의 애창곡이 되었다.

유교적 질서 아래 남녀 사이 엄격한 거리를 두어야 했던 사회 분위기 속에서 기독교가 유입한 사랑이라는 개념은 연애의 의미를 정립하고 정착하는 데 중요한 역할을 하였다. 사실 남자와 여자가 얼굴을 맞댈 기회가 거의 없던 사회에서 교회는 남녀가 공식적으로 만날 수 있는 유일한 장소였다. 교회는 서구에서 들어온 평등사상을 배우고 경험하는 장소였으며, 기독교의 평등적 박애주의는 연애의 정신적 기반이 되었다. 기독교 계통의 계성학교와 신명학교를 다니던 박태준과 유인경의 이야기는 비록 짝사랑에 그치는 것이었지만 건실한 청년의 순수한 이상이 담겨 있는 것이었다.

청라언덕은 당시 신교육을 받은 젊은이들이 꿈꾸는 미래의 가정, 말하자면 붉은 벽돌로 지은 뾰족 지붕에 계몽과 문명개화의 도구인 피아노 소리가 들려오는 단란한 스위트 홈의 표상을 모두 갖춘 곳이었다. 더구나 박태준은 피아노를 치고 작곡을 공부하는 음악도였다. 그러한 점에서 〈동무 생각〉은 최첨단 문화 코드를 모두 포함한, 근대의 고상한 이상과 우아한 욕망을 충족시켜 주는 최신의 음악이었다. 로맨틱 러브, 스위트 홈은 더 구체적으로는 남녀평등에 입각한 자유연애, 1부1처제, 서구적 교양과 양식을 갖춘 배우자, 행복한 가정 등 신식 교육을 받은 청년들이 지향하는 근대적 가치를 모두 함축하고 있었다.

동무는 친구의 순 우리말이다. 어깨동무에서 느끼듯 어린 시절의 흉허물 없는 친구를 가리키는 다정한 말이다. 하지만 격동의 시대를 거치는 과정에서 사상적 동지의 의미가 더 강해지면서 어느새 사회주의식 용어가 되어버렸다. 이제는 아무도 동무라는 말을 쓰지 않는다. 더구나 개인주의적 생활방식 속에 생존 경쟁이 치열해지고 바쁜 일상에 쫓기면서 벗이니 우정이니 하는 말도 퇴색되어 촌스럽고 의미 없는 단어로 전락해버린 지 오래이다.

죽마고우(竹馬故友), 막역지우(莫逆之友), 수어지교(水魚之交),

관포지교(管鮑之交), 지란지교(芝蘭之交), 금란지교(金蘭之交) 등은 아름답고 변함없는 우정에 대한 이야기들을 담고 있다. 이제 이런 이야기들은 이상적인 것으로 치부되어 아쉽게도 비현실적인 차원의 고사로 승격(?)되고 말았다. 사실 우정이라는 것은 둘 다 훌륭한 인격을 지니거나 둘 중 한 사람이라도 포용력이 넓을 때 유지되는 것이다. 각박한 사회 속에서는 우정을 만들기도 지켜나가기도 쉽지 않다.

가수 조용필의 〈친구여〉는 발표된 지 20여 년이 지났지만 지금도 변함없이 만인의 애창곡으로 불리어지고 있다. "슬픔도 기쁨도 괴로움도 함께 했지. 부푼 꿈을 안고 내일을 다짐하던 우리 굳센 약속 어디에." 이 노래 또한 청운의 꿈을 안고 동고동락 했던 친구들, 그들과 다짐했던 약속들이 세월 따라 사라져버린 허무함을 노래한다.

1990년대 유행했던 피노키오의 〈사랑과 우정 사이〉라는 노래가 떠오른다. '사랑보다 먼, 우정보다는 가까운'이라는 가사가 사랑도 아니고 우정도 아닌, 연인도 아니고 친구도 아닌 남녀 관계의 애매함을 보여준다. 박태준의 사랑이라는 것도 알고 보면 사랑과 우정 사이에 놓인 애매한 무엇이지 않았을까.

〈동무 생각〉의 원제목은 사우(思友)였다. 이 노래는 해방 후 중·고등학교 음악 교과서에 채택되면서 더욱 널리 알려졌다. 대구시는 2009년 6월 이 노래의 배경이 된 청라언덕에 '동무 생각'이라는 노래비를 세웠다. 또 박태준의 삶과 음악, 사랑 이야기를 소재로 창작 오페라 《청라언덕》을 만들어 해마다 대구국제오페라축제에 올리고 있다. 〈동무 생각〉은 〈오빠 생각〉과 더불어 북한에서도 많이 불리어진다고 한다. 모임에서 청라언덕을 다녀온 노모가 학창시절을 생각하는지 하루 종일 〈동무 생각〉을 명랑하게 부르고 계신다.

멀고 먼 추억의 스와니

기성세대에게 상식으로 통하는 것들이 신세대들에게는 특수한 지식으로 생각되는 것이 있다. 반대로 신세대들에게 상식으로 통하는 것들이 기성세대에게는 특수한 지식으로 인식되는 경우가 있다. 수업시간 중에 어쩌다 포스터(Foster)에 대한 이야기가 나왔다. 포스터는 누구나 알만한 미국의 민요 작곡가이다. 그런데 내 수업을 듣는 학생들은 그를 전혀 알지 못했다. 재차 물었다. "미국의 민요 작곡가, 포스터를 몰라요? 〈스와니 강(Swanee River, 원제 The Old Folks at Home)〉을 작곡한." 학생들은 '멀고 먼 추억의 스와니'를 모른다고 했다. 오히려 눈을 동그랗게 뜨고선 "민요도 작곡가가 있나요?" 라고 되물었다. 그제야 깨달았다. 우리가 서로 다른 시대를 살아왔다는 것을.

포스터의 노래에는 미국의 개척 정신과 고향에 대한 그리움이 공통 주제로 담겨 있다. 〈오, 수재너(Oh Susanna)〉〈스와니 강〉〈켄터키 옛집(My Old Kentucky Home)〉〈올드 블랙 조(Old Black Joe)〉〈금발의 제니(Jeanie with the Light Brown Hair)〉〈아름다운 꿈(Beautiful Dreamer)〉〈시골의 경마(Camptown Race)〉등 포스터의 노래에는 천재만이 포착해낼 수 있는 자연발생적인 선율과 19세기 미국 사회의 토착성이 짙게 깔려 있다. 또한 광활한 자연과 그 속에 살아가는 미국인들의 때 묻지 않은 순수한 모습을 담고 있어 미국을 대표하는 민요라 부르기에 손색이 없다. 로버트 쇼 합창단에서부터 로저 와그너 합창단, 모르몬 테버너클 합창단에 이르기까지 포스터의 노래는 미국 유명 연주단체들이 절대빠뜨리지 않

'로저 와그너 합창단'을 창단한 로저 와그너. 합창 지휘와 편곡 외에도 UCLA에서 합창 음악 분야의 교수로 활동하며 후학 양성에 힘썼다

는 주요 레퍼토리가 되어 왔다.

> 멀고 먼 추억의 스와니 강물 그리워라
> 날 사랑하는 부모 형제 이 몸을 기다려
> 이 세상에 정처 없는 나그네의 길
> 아 그리워라 나 살던 곳 멀고 먼 옛 고향

〈스와니 강〉은 작곡가 박태준의 형인 박태원이 번안을 했다. 포스터의 곡들은 오랫동안 음악 교과서에 실려 있어서 많은 사람들에게 사랑받으며 불리어 왔다. 사춘기에 배운 음악들은 성장기 청소년들에게 미치는 정서적 영향력이 매우 크다. 세계관이나 미의식 형성에 작용하는 바도 지대하다.

〈스와니 강〉은 아무도 모르는 먼 곳, 비시간적 장소에 위치하고 있었다. 그러나 오히려 이러한 점 때문에 노래를 배우는 수많은 학생들의 공감대를 불러일으키는 보편적인 동경의 장소가 될 수 있었다. 동경은 새롭고 신비로운 세계에 대한 무한한 감성과 상상력이다. 〈스와니 강〉은 사춘기나 유년의 기억을 동반하는 때 묻지 않은 순수한 공간으로, 우리들의 기억과 감성의 지평을 흐르는 영원한 강이었다. 그래서 이 강의 구체적인 위치나 실재성 여부는 그다지 중요하지 않았다.

인터넷에 들어가면 스와니 강과 켄터키 옛집, 블랙 조의 농장 등을 비롯하여 포스터의 자취를 찾아다니는 사람들의 블로그가 드물지 않게 보인다. 그들은 한때 자신들을 키운 마음의 고향, 성장기 그들의 영혼을 살찌운 풍요로운 장소를 찾아 나선 것이다. 그들에게 〈스와니 강〉은 고향의 마을 앞을 흐르던 강과 같은 것이었다.

가사에 나타나듯 고향은 새로운 출발 지점이었다. 모든 길은 고향에서 시작하고 이 길은 다시 고향으로 돌아온다. '멀고 먼 추억의 스와니 강물'은 화자가 고향을 떠나 떠돈 지 오래 되었다는 사실을 알려준다. 고향은 사랑하는 부모형제가 오매불망 나를 기다리는 곳이며, 이 때문에 '이 세상 정처 없는 나그네 길'을 이겨나가는 원동력이 되고 있다. 고향은 당대의 모든 사회적 변화나 긴장으로부터 차단된 평화로운 공간이다. 하지만 그곳은 멀다. 이 거리는 물리적 거리이며 동시에 심리적 거리이기도 하다. 노래가 말하는 슬픔과 그리움의 정체가 여기에 있다.

포스터의 노래는 짧지만 멜로디가 가지는 직관력과 독창성이 남다르다. 〈스와니 강〉에서도 '이 세상의 정처 없는 나그네 길'은 보다 높은 차원의 곳을 갈망한다는 점에서 고음으로 처리하고, '아, 그리워라 나 살던 곳, 머나 먼 옛 고향'에서는 탄식하듯 길고 낮은음으로 감정을 처리한다. 이 노래는 고향에 대한 그리움과 쉽게 채워질 수 없는 본질적 실향의식을 단순한 표현기교를 통해 드러낸다. 장탄식하는 마지막 가사의 울림에는 고향을 간절히 소망하지만 돌아갈 길이 요원한 화자의 절망감과 떠도는 자의 실존적 공허가 여실히 묻어난다.

김소월의 시 「삭주구성(朔州龜城)」에는 이런 구절이 있다. "물로 사흘 배 사흘/먼 삼천리/더더구나 걸어 넘는 먼 삼천리/삭주구성은 산을 넘는 육천리요.//물 맞아 함빡이 젖은 제비도/가다가

비에 걸려 오노랍니다/저녁에는 높은 산/ 밤에 높은 산//삭주구성은 산 넘어/ 먼 육천리/가끔가끔 꿈에는 사오천리/가다오다 돌아오는 길이겠지요." 고향 길은 이처럼 물로 사흘 배로 사흘, 높은 산이 첩첩이 쌓여 있어서 제비조차도 가다가 되돌아오는 험하고 먼 여정이다.

떠도는 자들은 항상 고향을 염두에 두고 있지만, 그곳은 현실의 문제를 극복하거나 소기의 목적을 이루고 나서야 도달할 수 있는 한 지점으로 굳건히 자리 잡고 있다. 이러한 측면에서 포스터의 고향이 가지는 이미지는 천국의 이미지와도 흡사하다. 여기에는 영원한 본향을 지향해야 한다는 청교도들의 신앙관이 자연스럽게 스며들어 있다. 포스터는 평생을 떠돌아다녔다. 〈금발의 제니〉 제인 맥다월과 결혼하고 딸까지 낳고도 안정된 가정을 꾸리지 못했다. 고향은 떠돌이 기질의 그가 마지막으로 돌아갈 장소였다. 그러나 결국 그는 돌아가지 못하고 뉴욕의 한 호텔에서 허무한 죽음을 맞이하였다. 최후의 장소라는 점에서 귀향은 그에게, 이 노래를 부르는 모든 사람들에게 상징적이고 종교적인 차원의 의미로 승화될 수 있다.

〈스와니 강〉은 대중의 가슴에 흐르는 기본 정서와 관심사, 욕망으로 구성되어 있어서 마치 우리의 노래인 양 거부감 없이 수용할 수 있었다. 또한 교과서에 실려 있어 누구나 배우고 부르게 되면서 집단 공동의 기억과 추억을 담게 되었고, 우리 삶의 구석구석에 스며들어 대중의 공통 언어와 문법의 역할을 해왔다.

개척 시대, 고향을 떠나 만리타향을 헤매는 미국 노동자들의 사

'미국 민요의 아버지'로 불리는 스티븐 포스터(위)와 플로리다 주를 흐르는 스와니 강(아래). 그의 작품 〈스와니 강〉은 1935년 플로리다 주의 주가(州歌)가 되었다

연은 일제강점기뿐만 아니라 1960~1980년대 가난이나 학업, 그 외 여러 가지 이유로 고향을 떠날 수밖에 없었던 우리 사회의 현실과도 별반 다르지 않았다. 그러나 척박한 토대 위에서 자신의 꿈과 희망을 실현한다는 것은 쉽지 않았다. 이들은 절망과 무력감 속에서 그나마 고향에서 보냈던 행복했던 과거를 회상하며 위안으로 삼았다. 〈스와니 강〉의 가락과 가사는 단순하고 소박하다. 하지만 노래의 행간에는 어려운 시대를 건너 온 사람들의 쓸쓸하고 남루한 사연들이 수없이 담겨 있다.

고향은 오래도록 민요와 대중가요의 비중 있는 소재였다. 고향을 떠난 사람들이 그토록 고향을 그리워한 것은 그곳이 쉽게 갈 수 없는 곳이었기 때문이다. 그러나 시대가 바뀌고 교통수단이 발달하면서 고향은 언제든 마음먹으면 갈 수 있는 가까운 곳이 되었다. 대중의 노래에서도 '고향'의 의미는 점차 쇠퇴해 향수를 들먹이는 노래는 뭔가 시대에 뒤떨어지는 촌스러운 노래로 전락하고 말았다.

스와니 강은 조지아의 습지에서 발원해 플로리다로 흐르는 작은 사행천이었다. 그러나 포스터에 의해서 세계인의 강이 되었다. 강가의 포스터 기념관에는 전 세계의 여행객들이 찾아와 그의 노래를 떠올리며 그를 추모한다. 어느새 스와니는 고향의 포근함이나 따뜻함, 변함없는 아름다움을 상징하는 고유한 단어가 되었다. 우리나라에서도 침구류를 비롯하여 액세서리, 화장품, 퀼트 등 스와니라는 이름을 단 수많은 종류의 상품들이 유통되고 있다.

〈스와니 강〉은 고향이 환기하는 그리움이라는 맥락 아래 공감의 공동체를 만들어 내며 대중의 폭넓은 지지를 얻을 수 있었다.

포스터의 노래가 세계인이 공유하는 노래가 된 것은 시대와 지역을 뛰어넘는 보편성과 통일성, 또한 이것과 상반되는 특수성과 다양성을 두루 갖추고 있었기 때문이다.

> 그 해엔 눈이 많이 나리었다. 나이 어린
> 소년은 초가집에서 살고 있었다.
> 스와니江이랑 요단江이랑 어디메 있다는
> 이야길 들은 적이 있었다.
> 눈이 많이 나려 쌓이었다.
> 바람이 일면 심심하여지면 먼 고장만을
> 생각하게 되었던 눈더미 눈더미 앞으로
> 한 사람이 그림처럼 앞질러 갔다.
> -김종삼, 「스와니江 이랑 요단江이랑」전문

술리코, 잔혹한 통치자의 미의식

사랑하는 그대 무덤을 찾아왔지만

내 마음은 온통 고통으로 찼다

슬픔을 주체할 길 없어

울면서 술리코를 불렀다

수풀 속에 외로이 피어 있는 장미를 보았다

이슬방울을 눈물처럼 머금고 있는

네가 술리코니?

머리 위에서 나뭇잎은 떨고

어둠 속 고요한 덤불을 헤치며

나이팅게일의 노래가 울러 퍼졌다.

내가 술리코예요.

술리코(Suliko)는 조지아(그루지아) 민요이다. 조지아는 한때 소비에트 연방의 일원이었으나 1991년 탈퇴하여 독립국가를 만들었다. 언젠가 붉은군대 합창단(The Red Army Choir)이 러시아어로 부르는 술리코를 들으며 가슴 찢어지는 듯한 아픔을 느꼈다. 아니나 다를까 이 노래는 19세기 조지아의 국민시인 아카키 쩨레텔리(Akaki Tsereteli)의 시에 곡을 붙인 것으로 죽은 연인의 무덤에 찾아와 절절한 사랑과 그리움을 호소하는 곡이었다. 한데 이 노래가 스탈린의 애창곡이라니. 잔혹한 통치로 악명 높은 그가 이 노래를 애창할 만큼 서정적이고 섬세한 면모가 있었다는 것이 놀랍기만 하다.

붉은군대 합창단은 소비에트 정권의 붉은군대 내에 만들어진 합창단으로
군가와 행진곡 풍의 노래를 많이 부른다. 러시아 민요를 세계에 알린 공 또한 크다

스탈린은 조지아 출신으로 가난한 구두 수선공의 아들로 태어났다. 그의 아버지는 술주정뱅이에 폭군이었다. 그가 11세 때 아버지는 싸움을 하다가 칼에 찔려 죽었다. 이후 스탈린은 성직자가 되기 위해 신학교에 입학하지만 혁명운동에 참가했다는 이유로 신학교에서도 쫓겨난다.

스탈린의 이미지는 무자비한 숙청과 공포정치로 요약할 수 있다. 스탈린(Stalin, 강철의 인간)이라는 이름은 레닌(Lenin)을 만나 얻었다. 그는 이름대로 지칠 줄 모르는 사람이었으며 냉혹하고 잔인한 사람이었다. 러시아 혁명이 일어나기까지 체포와 처벌, 시베리아 유배를 일곱 번이나 겪었으며, 레닌의 신임을 얻은 뒤로는 주변의 공화국들을 소련에 통합하는 임무를 수행하며 정치적 기반을 쌓아갔다. 심지어 고향인 조지아를 침략하는 데도 앞장섰다.

스탈린은 집권한 뒤 무자비한 숙청을 단행했다. 정적과 라이벌, 소수민족 지도자, 심지어 일반 인민들까지 수백만 명 이상을 처형장으로 보냈다. 그가 통치하는 동안 급격한 농업 체제 개편으로 1000만 명 이상이 굶어 죽었으며 3000만 명 이상이 시베리아나 중앙아시아로 강제이주를 당했다. 그 자신 소수민족 출신이면서도 소수민족을 탄압했다. 연해주에 정착한 고려인들은 중앙아시아로 강제이주를 당했다. 이 과정에서 수천 명의 지식인들이 총살을 당했고 인구의 절반가량이 굶주림과 병으로 죽었다. 스탈린은 가족에게도 냉정했다. 그는 가부장적이고 폭력적이었으며 아들이 독일군 포로가 되었을 때도 끝까지 방조했다.

폭력은 불안을 벗어나려는 충동이며 분노와 증오의 표출이다.

폭력이 주는 희열은 자본주의 상품사회의 소비 희열과도 비슷하다. 소비 중독이 쉽게 동화되고 통제가 어렵듯이 폭력 또한 마찬가지라는 것이다. 스탈린의 잔인성은 도착증적 파시즘이라 할 만한 것으로 그는 폭력을 통해 오르가즘에 가까운 가학적 희열을 느꼈다고 볼 수 있다. 로마의 네로 황제처럼 스탈린도 감수성이 풍부하고 예술을 사랑하는 섬세한 폭군이었다. 이들의 권력이 휘두른 폭력은 파괴를 최고의 미로 체험하려는 병적이고 예술지상주의적인 단계에까지 이르렀다. 이것은 유년 시절부터 오래도록 억압되어 온 유전적 요소나 무의식이 표출한 것으로 스스로 통제할 수 없는 지경으로 그들을 몰고 갔다.

하지만 이런 스탈린이 회식이 열릴 때마다 동향인 부하의 피아노 반주에 맞춰 〈술리코〉를 열창했다는 사실은 흥미롭다. 그는 일찍이 학생 시절에 합창단 활동을 했고 결혼식이나 장례식이 있을 때마다 남달리 아름다운 목소리로 청중의 마음을 사로잡았다. 스탈린이나 히틀러, 네로처럼 잔혹하고 비인간적인 살인마들이 예술 애호가라는 사실은 그리 놀랄만한 일이 아니다. 왜냐하면 예술은 아름다움을 추구하지만 아름다움의 본질은 선이 아니라 악에 있으며 증오나 파괴에 있기 때문이다. 미적 쾌감이란 상식을 벗어날수록 확대되는 것이다. 예술의 아이러니는 이러한 증오나 파괴, 죽음이나 악이 없이는 생명과 선, 사랑이 탄생하지 않는다는 데에 있다.

권력은 전통적으로 무소불위의 권위를 예술로써 완성시키고자 하는 경향이 있다. 권력자들은 예술이 이상과 아름다움을 창조하

소비에트 연방국가의 지도자 레닌(위)과 그의 뒤를 이은 스탈린(아래). 러시아의 사회주의 역사에서 빼놓을 수 없는 두 인물이다

는 행위이며, 그 자체가 문명이고 역사라는 사실을 알고 있기 때문이다. 이들은 파괴와 증오의 리비도를 적을 향해 폭발시키며 자신의 권력을 정당화하고 미화하기 위한 방법으로 예술을 철저히 이용하였다. 현대의 독재자들도 예술과 예술품에 대한 관심이 지대하다. 특히 대형 조형물이나 거대한 그림은 전체주의 이념을 고취시키고 지도자에 대한 집단 충성심을 강화시키는 측면이 강하다. 미적 카타르시스는 예술 체험의 진정성을 이용해서 대중을 결속시키는 측면이 크기 때문이다. 따라서 권력은 거금을 들여서라도 자신의 업적을 드러내는 거대한 상징물을 만들거나 대형 그림들로 도시를 장식하고 싶어 한다. 과거 사회주의 국가였던 나라들을 여행하다 보면 이러한 거대 양식에 대한 선호가 지금도 남아 있다.

스탈린 집권기에도 '스탈린 양식'이라는 독특한 건축 양식이 있었다. 이것은 고딕 양식과 고층빌딩을 결합한 형태로 소련사회주의의 위엄을 보여주기 위해 압도적인 크기와 높이로 건물을 지었다. 하지만 규모가 방대할수록 상징성은 커지지만 예술성은 떨어진다. 비유적 표현을 남발할수록 대중성은 강해지지만 작품성은 상투적 수준으로 떨어지기 마련이다.

오래전 상트페테르부르크에서 모스크바를 경유해 돌아오면서 모스크바 언덕에 올라 시내 전경을 내려다본 적이 있다. 소비에트 연방이 붕괴한 직후라 언덕에는 관광객을 상대로 마트료시카 인형이나 목공품을 파는 젊은 노점상들이 많았다. 볼일이 급해서 화장실이 어디냐고 물었더니 멋적게 웃으며 턱으로 자작나무 숲을 가리켰다. 질척한 숲에 앉아 소변을 보면서 이론에 치우친 이상적

소비에트 문화 지도자들을 위해 지어진 '문화인 아파트'.
'모스크바에 세워진 7개의 기둥'이자 '스탈린의 생일케이크'로 비유되는 스탈린 양식의 건물이다

인 이념이 만들어놓은 현실의 단면을 엉덩이로 서늘하게 느꼈다.

조지아 민요 〈술리코〉는 러시아의 붉은군대 합창단이 부르는 노래가 아름다운 것 같다. 어깨에 금빛 견장을 단 용맹스러운 군대가 가녀린 여인을 위해 부르는 노래는 극단적인 대비와 조화를 이루며 관객의 심금을 울린다. 강철 같이 튼튼한 군인들이 부르는 여리고 섬세한 노래는 미처 예측하지 못하는 신선한 감동을 준다. 스탈린이 부르는 〈술리코〉 또한 측근과 지지자들에게 무한한 감동을 주었으리라. 어쩌면 그것은 온통 아첨꾼들에게 둘러싸인 고독한 폭군의 유일한 위로거리였는지 모른다.

음악은 인간 감정의 가장 깊은 곳에 호소하는 예술이다. 악은 본질적으로 순수나 선을 가장한다. 순수예술을 통해 천국과 지옥, 선과 악을 초월하고자 하는 스탈린의 방식 또한 이러한 신비주의와 맥락을 같이한다. 예술이 주는 환희와 황홀은 인간의 감성과 의식을 변화시키고 보다 확장된 무한한 세계로 인도한다. 이러한 측면에서 음악과 음향은 철저히 심리적인 도구이다.

영화에서나 나올법한 잔혹한 판타지를 현실 속에서 실현시킨 스탈린은 〈술리코〉처럼 초월적이고 아름다운 대상을 불러내어 죽음과 삶이 상호보완적인 신성한 제의의 세계를 실현하고 싶었던 것일까. 속죄의 제의가 누군가를 죽이는 살해 행위를 통해서만 가능하듯이, 그는 수많은 자들을 희생 제물로 바치고 그의 제국을 영원한 것으로 만들고 싶었던 것일까.

섬집 아기, 왠지 서글퍼지는 노래

한국인들이 가장 즐겨 부르는 자장가 중의 하나가 〈섬집 아기〉이다. 이 노래를 부르다 보면 서정적인 가사와 선율이 어우러져 조용한 섬의 풍경이 눈앞에 펼쳐진다. 구불구불한 해안선을 따라 파도가 밀려왔다 밀려가고, 백사장에는 게 한 마리가 잰걸음으로 어디론가 바삐 가고 있다. 이 노래에선 왠지 엄마와 아기 외엔 천지에 아무도 없을 것 같은 적막감이 느껴진다. 단조로운 선율 때문이다. 그래서 구슬프다.

엄마가 섬 그늘에 굴 따러 가면
아기가 혼자 남아 집을 보다가
바다가 불러주는 자장노래에
팔 베고 스르르르 잠이 듭니다

눈앞에 한적한 바다가 펼쳐 있고 철썩철썩, 쏴아쏴아 파도 소리가 들려오는 듯하다. 규칙적인 파도소리는 편안한 느낌을 준다. 그만큼 〈섬집 아기〉는 풍경의 효과를 잘 살린 곡이다. 6/8박자, 바장조, a-a'-b-c로 연결되는 단순한 선율은 잔잔한 파도가 밀려오고 밀려가는 원경을 매우 시각적으로 처리하고 있다. 하지만 이 노래가 전 국민의 애창곡이 되기까지는 가사에 담겨 있는 모성애가 지대한 역할을 했다고 볼 수 있다.

모성애는 인간이든 짐승이든 체내 생식을 하는 생물의 지극히 공통적인 특징이다. 단조 풍으로 바뀌며 이어지는 선율에는 지극하고도 애처로운 모성이 드러난다. 먹고 사는 일 때문에 아기를 두고 나간 엄마는 굴 바구니를 다 채우지도 못한 채 조바심치며 모랫길을 달려온다. 아기는 깊이 잠들어 있지만 엄마의 심정을 잠결에도 교감하고 있다. 여기에는 바다와 파도소리가 안정감을 주는 중요한 배경적 역할을 하고 있다.

작사가 한인현(1921~1969년)은 초등학교 교사였다. 6·25전쟁 중 부산으로 피난을 와 해변을 산책하다가 빈집에 잠든 아기를 보고 영감을 받아 시를 썼다. 작곡가 이흥렬(1909~1980년)은 〈봄이 오면〉 〈어머니의 마음〉 〈바위 고개〉 〈꽃구름 속에〉 〈코스모스를 노래함〉 등 서정적인 가곡을 많이 작곡한 1세대 작곡가이다. 〈섬집 아기〉는 이들의 작품 중에서 대중들에게 가장 많이 불리어지고 사랑받는 노래이다.

〈섬집 아기〉가 따뜻하면서도 애처롭게 다가오는 것은 서정적인 가사와 선율 속에 '아버지 부재'라는 중요한 사실이 숨겨져 있기 때문이다. 여기서 한 여성의 비극적인 숙명을 감지할 수 있다. 가장 없이 혼자 아기를 키우는 젊은 여인, 아버지 얼굴을 모른 채 자라는 아기, 그것은 이 노래의 배경이 섬이라는 점에서 일정 부분 타당성을 가지며 사람의 마음을 애잔하게 한다.

아마도 아버지는 어부였으며 어느 날 바다에 나간 뒤로 다시는 돌아오지 못하였으리라. 가부장제적 사회에서 남편은 한 집안의 기둥이다. 기둥이 사라진 집은 심각한 균열 상태를 나타낼 수밖에 없다. 저항할 수 없는 봉건적 가족구조 속에서 여자는 무력하기만 하다. 흔히 엄마가 없으면 새엄마를 들인다고 하지만 남편이 없다고 해서 아이를 데리고 재가를 하는 것은 쉬운 일이 아니었다. '과부 삼년에 쌀이 서 말'이라는 말이 있긴 하지만, 남편 없는 여자와 아비 없는 아이는 공동체 속에서 천대받거나 무시당하는 일이 부지기수였다. 그래서 남편 없고 아비 없는 설움은 겪어보지 않은 사람은 모르는 일이라 했다.

전통 친족사회에서 홀로 남은 여자가 받는 수모는 이뿐만이 아니었다. 과부는 일단 남편을 잡아먹은 여자이며, 혹 인물이 반반하기라도 하면 수절하지 않고 언제든 아이를 버리고 도망갈 것이라는 의혹에서 벗어날 수 없었으며, 별것 아닌 일로도 이웃 여인들의 온갖 억측과 입방아에 시달려야 했다.

그러나 무엇보다도 심각한 것은 남편의 노동력이 사라지면서 닥쳐오는 생활고였다. 여인은 살아남기 위해, 자식을 남부럽지 않게 키우기 위해 점차 억세고 거칠게 변해간다. 연약하고 부드러운 여성의 모습으로는 험한 세상을 헤쳐나갈 수 없기 때문이다. 여자이기를 포기한 여자보다 세상에서 더 강한 것은 없다고 했다. 그렇게 모진 세월이 흘러 젊은 날의 모습은 온데간데없이 어느새 여인은 늙어버리는 것이다. 그제야 이웃들의 입방아는 사라진다. 공동체는 더 이상 여자가 아닌 이 늙은 여인을 깍듯하게 대접해준다. 그래서 어쩌면 이 노래는 어른이 된 아이가 어머니가 견뎌온 힘든 날들을 위로하며 부르는 노래같이 느껴지기도 한다. 그때 나는 어렸고 어머니는 고왔잖아요…….

진화생물학자 리처드 도킨스의 『이기적 유전자』에는 존재의 시초에 대한 아름다운 구절이 있다. "그것은 당신이 수태되기 직전에 당신 아버지의 정소에서 만들어진 것으로, 세계의 모든 역사를 통하여 그 이전에는 결코 존재하지 않았다. 그것은 감수분열의 혼합과정으로 당신의 친할아버지 할머니로부터 온 염색체의 일부분이 함께 이루어진 것이다. 그 염색체는 모두 특정한 1개의 정자 내에 배치되어 있는 유일한 존재였다."

비올리스트 용재 오닐(Richard Yongjae O'Neill)은 전쟁고아이자 정신지체 장애인 어머니에게서 태어났다. 그는 아버지가 누구인지도 모른 채 엄마를 입양한 미국인 양할아버지와 양할머니 손에서 자랐다. 그가 음악에 남다른 재능을 보이자 미국인 할머니는 손자의 음악 수업을 위해 왕복 6시간의 거리를 운전하며 용재를 태우고 다녔다. 그의 두 번째 앨범 〈라크리메(Lachrymae, 눈물)〉는 돌아가신 조부모에게 바치는 앨범이다. 마지막 곡으로 실린 〈섬집아기〉는 넘치는 사랑을 주셨지만 이제는 안 계신 조부모에 대한 그리움과 아버지 없이 자란 용재의 허전함과 쓸쓸함을 대신하는 곡이다. 이 곡은 어떤 노래보다 특정 시간과 감정 상태를 상기시키는 힘이 큰 것 같다. 비올라로 연주하는 외로운 선율이 가슴 깊숙이 파고든다. 그의 태생적 슬픔이 노래를 더 쓸쓸하게 만든다.

〈섬집 아기〉는 슬프지만 평온하고 잔잔하지만 울림이 큰 노래이다. 이런 안정감 때문에 자장가로 많이 부른다. 아기는 인식의 세계가 열려 있지 않다. 단지 감각의 세계에 살고 있을 뿐이다. 온

프랑스 신고전주의 화가 윌리앙 아돌프 부그로의 〈자장가〉.
손으로는 쉴 틈 없이 실을 엮고 발로는 요람을 흔들며
아이를 재우는 젊은 어머니의 모습이 애잔하다

몸으로 세계를 받아들이는 아기들에게 평온한 슬픔이나 비애의 미학을 일찌감치 들려주는 것이 과연 맞을까 하는 생각이 들 때가 있다. 예민한 아기는 이 노래를 들으며 눈물을 글썽이고 울먹이기도 한다. 인생이 기쁨으로 가득 차 있는 것은 아니지만 굳이 슬픈 노래를 통해 아기에게 연민, 시련, 좌절, 숙명적 비극 같은 복잡한 인간사를 미리 들려줄 필요가 있을까 싶다.

자장가는 아기를 안정된 세계로 인도한다. 아기는 단조로운 리듬과 반복되는 선율을 들으며 어느새 잠이 든다. 익숙한 노래가 만들어내는 편안한 환경 속에서 양수 속을 떠다니듯 잠의 바다를 헤엄친다. 이따금 팔을 부르르 떨거나 방긋방긋 배냇짓도 하면서. 〈섬집 아기〉는 넉넉하지 않은 시대를 살아온 한국인들의 가슴 밑바닥에 공통으로 내재해 있는 애잔한 기억들을 흔들어낸다.

문득 일본의 사상가이자 미술평론가인 야나기 무네요시(Yanagi Muneyoshi)가 조선의 미에 대해 지적한 말이 떠오른다. '조심성 많은 마음' '하늘을 향한 동경'이 이런 것이 아닌가 싶다. 노래라는 것은 분명 비슷한 시대와 공간에 기대어 비슷한 경험을 한 구성원들의 마음을 하나로 묶어주는 측면이 있는 것 같다.

옛날의 금잔디 동산,
언젠가 돌아가고픈 마음의 고향

마음 둘 곳 없이 허전할 때 떠오르는 노래들이 있다. 외롭고 힘들 때 등을 쓰다듬고 어루만지며 위로해주는 노래들. 그것은 위대한 작곡가의 고상하고 훌륭한 작품이 아니라 오래된 팝송이거나 〈매기의 추억(When You and I Were Young, Maggie)〉같이 평범하고 소박한 노래일 때가 대부분이다. 혼자 쓸쓸히 이런 노래를 부르다 보면 한줄기 눈물이 주르르 흘러내린다. 노래가 불러일으키는 추억이나 회환으로 답답한 심정을 털어내고 나면 어느새 다시 살아갈 힘이 생긴다. 〈매기의 추억〉은 흘러간 옛 이야기를 찬찬히 들려준다.

옛날의 금잔디 동산에
매기 같이 앉아서 놀던 곳

물레방아 소리 들린다

매기 내 사랑하는 매기야

동산 수풀은 우거지고

장미화는 피어 만발하였다

옛날의 노래를 부르자

매기 내 사랑하는 매기야

〈매기의 추억〉은 미국의 대표적인 민요로 캐나다 시인 조지 존슨(George Johnson)의 시집 『단풍잎(Maple Leaves)』에 실려 있던 시이다. 존슨은 제자였던 매기 클라크(Maggie Clark)와 결혼해 클리블랜드에 신혼집을 마련하고 행복한 생활을 시작했다. 그러나 1년도 못 되어 매기는 폐결핵으로 죽고, 존슨은 아내와 추억이 어린 곳을 떠나 캐나다로 돌아온다. 그리고 매기와의 행복했던 시절을 회상하며 시를 쓴다. 이 시는 후에 그의 친구 제임스 버터필드(James Butterfield)가 곡을 붙여 노래로 만들었다.

외국 민요 중에는 오랜 세월 동안 불리어지면서 우리 노래로 정착된 것들이 많다. 〈클레멘타인〉 〈언덕 위의 집〉 〈산골짝의 등불〉 〈등대지기〉 〈꿈길에서〉 등등이 그런 노래들이다. 그 중에서도 〈매기의 추억〉은 가장 토착화 된 대표적인 곡이라 할 수 있다. 이 노래의 소박한 가락과 가사는 전통 정서의 아련한 한 부분을 건드린다. '옛날의 금잔디 동산'은 존슨과 매기가 사랑을 속삭이던 동산이었다. 하지만 이 동산은 어느새 우리들에게 언젠가 돌아가야 할 마음의 고향 같은 것으로 자리 잡고 있다. 매기 또한 한때 우리 동네나

1866년 발매된 〈매기의 추억〉 악보 표지.
〈매기의 추억〉은 외국 민요이지만
오랜 세월 동안 불리어지며 우리의 노래가 되었다

이웃 동네에 살던 아리따운 언니나 누이의 이름인 양 친근한 이미지로 각인되어 있다.

내게도 옛날의 금잔디 동산이 있다. 주일학교를 다니던 때 예배당 뒤에는 작은 동산이 있었다. 거기에는 커다란 묘도 한 기 있었는데 넓고 평평한 장소라 선생님은 가끔 우리들을 데리고 묘 등 옆에서 성경 공부를 하곤 했다. 따뜻한 봄날, 노란 양지꽃과 제비꽃, 별꽃이 피어 있는 동산에 쪼그리고 앉아 있으면 봄 햇살이 마치 병아리 떼처럼 종종거리며 몰려와 목덜미를 따갑게 쪼아댔다. 풀꽃도

꺾고 나비를 따라 동산을 뛰어다니고 싶은 마음에 아이들은 성경 이야기에 집중할 수가 없었다. 환한 햇살 아래 옹기종기 모여 앉아 있던 아이들의 정경이 지금도 눈에 선하다.

옛날의 금잔디 동산을 생각하면 소월의 시 「금잔디」가 떠오른다. "잔디,/잔디,/금잔디,/심심산천에 붙는 불은/가신 임 무덤가에 금잔디/봄이 왔네, 봄빛이 왔네/버드나무 끝에도 실가지에./봄빛이 왔네, 봄날이 왔네/심심산천에도 금잔디에." 죽은 님을 애타게 그린다는 점에서 〈매기의 추억〉과 소월의 「금잔디」는 비슷한 정조에 연결되어 있다. 이 노래와 시는 그리움과 상실이라는 인류 공통의 아픔을 노래한다. 〈매기의 추억〉과 소월의 「금잔디」는 삶과 죽음의 문제를 다루고 있으며, 계절의 순환에 따라 어김없이 오고 가는 영원한 자연과 달리 덧없는 인간의 시간을 통해서 사람에 대한 연민과 자기성찰을 들려준다. 그래서 우리 모두 〈매기의 추억〉을 어떤 노래보다 익숙하고 친숙하게 불렀다. 더구나 반복되는 선율과 편안한 3음보의 리듬은 우리의 소박한 전통 정서에 닿아 있었다.

어릴 때 놀던 동산이 그리워 아이 손을 잡고 찾아간 적이 있다. 옛날의 흔적이 사라진 동산은 황량했다. 그리운 시간이 다 사라져 갔다는 생각에 가슴이 아팠다. 겨우 서른이었지만 온갖 감회가 스치고 지나갔다. 이은상의 시조에 곡을 붙인 〈옛 동산에 올라〉의 선율이 가슴속에 메아리쳤다. "내 놀던 옛 동산에 오늘 와 다시 서니/산천의구란 말 옛 시인의 허사로고/예 섰던 그 큰 소나무 버혀지고 없구려." 정말 그랬다. 산천의구란 말은 시인의 허사에 불과했다. 모든 것이 변하고 바뀌었고 아이들이 시끌벅적 뛰놀던 동산은 텅 비어 있었다.

〈매기의 추억〉은 한때 한국인이 가장 좋아하는 애창곡 1위에 오르기도 했다. 동창회나 Home coming day에 교가 다음으로 가장 많이 불리어지는 노래가 〈매기의 추억〉이다. 어느새 〈매기의 추억〉은 전 국민이 거부감 없이 공유하는 추억의 노래가 되었다. 추억을 공유한다는 것은 비슷한 시기, 비슷한 경험이 바탕이 되어 동질감을 형성한다는 말이다. 추억의 힘은 강하다. 추억은 시공간을 초월해 지나간 시간과 지나간 사람을 지금 여기에 다시 불러놓는다. 아름다운 시간, 아름다운 사람들은 오래 머물지 않는다. 그것들은 노래라는 공동의 기억 속에서만 오래 머문다.

초로의 어느 시인이 이런 이야기를 들려주었다. 오래전 요양원에 입원 중인 장모님을 문병하러 갔다. 한데 병실에 있어야 할 사람이 보이지 않았다. 알고 보니 장모님은 또래의 친구와 휠체어를 타고 복도 저 끝에 나가 있었다. 창밖을 내다보며 나란히 〈매기의 추억〉을 부르고 계신 노인들. 두 분의 뒷모습이 어찌나 정겹고 아련해 보이던지. 노래 소리를 따라가는데 마음이 아파 눈물이 왈칵 쏟아질 뻔했다고.

노래가 가지는 힘은 이토록 크다. 〈매기의 추억〉은 풍족하지는 않았지만 행복했던 한 시절의 추억을 불러온다. 한 곡의 노래가 긴 세월 동안 이토록 많은 사람들에게 공유되는 예는 그리 흔치 않을 것이다. 〈매기의 추억〉은 개화기 선교사들에 의해 들어와 100년 이상 불리어지면서 거의 우리 노래가 되었다. 흥미로운 사실은

1926년 윤심덕이 극작가 김우진과 현해탄에 투신하기 전, 닛또(日東)레코드에서 취입한 음반 〈사의 찬미〉에도 이 노래가 함께 실려 있다는 것이다.

〈사의 찬미〉는 윤심덕이 갑작스럽게 요청해 음반에 추가한 곡이었다. 이곡은 이바노비치(Iosif Ivanovici)의 왈츠 〈도나우 강의 잔 물결(Donauwellen Walzer)〉에 그녀가 직접 가사를 붙인 것으로, 경쾌한 원곡과 달리 비관적인 분위기의 가사에 따르느라 느리고 슬픈 4박자의 노래로 바뀌었다. 이룰 수 없는 사랑을 비관한 이들의 정사 사건은 동아일보를 비롯하여 각 신문에 대대적으로 보도되었고 일약 화젯거리가 되었다. 이 사건에 힘입어 〈사의 찬미〉는 가요 사상 최초의 인기곡이 되었다. 가사의 염세적인 내용은 윤심덕의 유서와 같은 것이었다. 또한 3·1운동 이후 조선의 어두운 사회상을 반영하고 있다는 점에서 대중의 관심은 폭발적이었다. 이 노래는 당시 부유층의 전유물이던 레코드를 단숨에 대중화시키는 계기가 되었다. 안타깝게 요절했다는 점에서 우리나라 최초의 소프라노였던 윤심덕도 매기의 이미지와 어느 정도 상통한다.

골동품 점에서 산 풍금으로 〈매기의 추억〉을 쳐본다. 페달이 일으키는 바람 속으로 아름다웠지만 박명했던 매기의 모습이 떠올랐다 사라진다. '옛날의 금잔디 동산'은 바삐 사느라 미처 돌아보지 못한 순수했던 한 시절을 일깨워준다. 가슴속에 '금잔디 동산'을 품고 사는 사람은 그렇지 못한 사람보다 훨씬 진정성 있는 삶을 살아갈 것이다. 조용히 옛날의 노래를 불러본다.

별 하나에 아름다운 노래 하나씩

별 하나에 추억과

별 하나에 사랑과

별 하나에 쓸쓸함과

별 하나에 동경과

별 하나에 시와

별 하나에 어머니, 어머니,

나는 무엇인지 그리워

이 많은 별빛이 내린 언덕 위에

내 이름자를 써보고,

흙으로 덮어 버리었습니다.

「하늘과 바람과 별과 시」는 윤동주가 연희전문학교 졸업을 앞두고 일본 유학을 준비하며 현재의 갈등과 미래의 희망에 대해 쓴 시이다. 그가 헤아리고 있는 별들은 그의 본질적 자아를 구성하던 요소들로 모든 것이 아름답고 조화롭던 고향에서의 추억들이라 할 수 있다. 캄캄한 밤 추억을 하나씩 헤아리며 그는 별빛 내리는 언덕에 자기 이름을 써보고는 지워버린다. 그리고 어둠 가운데서 오래도록 괴로워한다. 밤은 가혹한 시대 상황에 대한 비유이다. 하지만 별들은 밝게 빛나고 있다.

한동안 별을 찾아다녔다. 별을 보기 위해 그믐밤 차를 몰고 교외로 나간 적도 있다. 별자리를 한두 개만 발견해도 환호성을 질렀

종로구 청운동에 있는 '윤동주 시인의 언덕'. 윤동주는 연희전문학교 재학 시절 소설가 김송의 집에서 하숙하며 종종 이 언덕에 올라가 시 「별 헤는 밤」을 다듬었다

다. 사막에서 1박 하며 별을 본다는 말에 이집트 여행까지 감행했다. 하지만 신청하고 보니 여행 기간에 보름이 끼어 있었다. 그래도 애드벌룬 만한 달이 떠올라 사막을 환하게 비추겠지라는 기대를 하고 갔다. 달이 뜨긴 떴다. 하지만 엄지손톱만한 달이었다. 추위에 떠느라 한숨도 못 자고 달이 뿜어내는 차가운 음기만 실컷 마시고 돌아왔다.

지난여름 몽골 초원에서 별들을 실컷 보았다. 세계를 버티고 있다는 전설의 이그드라실(yggdrasil) 나무가 펼쳐지고 가지마다 별들이 열매처럼 풍성하게 매달려 있었다. 별의 무게로 가지가 축축 늘어져 손을 뻗쳐 잡아당기면 별들이 후드드득 떨어질 것 같았다. 밑동 아래 떨어진 별들을 한소쿠리 주워 담아 집으로 올 수 있을 것 같았다. 이런 생각들을 하며 우리는 게르에 모여 갓 잡은 양고기와 염소고기로 늦은 저녁을 먹었다. 신선하고 부드러운 육질이 감칠맛을 내며 혀끝에 감겼다. 식사를 하다 말고 밖으로 나와 하늘을 올려다보았다. 굴뚝의 연기들이 바람을 타고 빠르게 흩어졌다. 게르 안에서 일어난 부드러운 선풍(旋風)이 하늘에서 들려오는 소리 같은 바람에 휘말려 사라지고 있었다. 온갖 상념이 가슴속에서 물결쳤다.

취한 여행자들은 별을 더 가까이 보기 위해 오토바이와 트럭에 나눠 타고 언덕으로 올라갔다. 검은 휘장을 젖히고 극장 안으로 들어섰을 때, 환하게 들어오던 대형 스크린처럼 별들이 끝도 없이 펼쳐져 있었다. 별들이 와글대듯 우리 일행도 왁자지껄 떠들어댔다. 가스와 얼음, 먼지덩어리가 별이 되기까지, 지상으로 빛을 쏘아 보내기까지 수억 년의 시간이 걸렸으리라. 마오타이주만큼이나 독한 별빛에 취해 흥청거렸다. 몇몇은 별빛에 쏘여 응급상황이 될 뻔했다. 그러고 보니 이슬에서 술 냄새, 먼지 냄새가 났던 것 같다.

몇 년 간 꾸준히 유적답사를 다녔다. 그때만 해도 어스름이면 적당히 눈치 봐가며 고분군 위로 올라갈 수 있었다. 저녁을 먹고 나와 캄캄해진 밤, 우리 일행은 가장 높은 왕릉 위로 올라갔다. 천년 왕국의 위엄은 생각 이상으로 높고 가팔랐다. 하늘에는 희미한 별이 대여섯 개 박혀 반짝거렸다. 수북이 자란 풀밭에 누워 누군가 큰소리로 노래를 부르기 시작했다. "저 별은 나의 별, 저 별은 너의 별, 별빛에 물드는 밤같이 까만 눈동자~." 생각해보면 그런 시간이 있어서 살아가는 데 힘이 되었다.

〈두 개의 작은 별〉은 독일 민요를 번안한 것이다. 가수 윤형주가 소개한 후로 한때 젊은이들의 모임에서 많이 불리어지던 포크송이다. '별 하나 나 하나 / 별 둘 나 둘.' '저 별은 나의 별 / 저 별은 너의 별' 노래 가사처럼 사람들은 오래전부터 지상의 존재에 대응하는 하나의 존재로서 별을 인식했다. 별은 사람처럼 의사를 가지고 움직이는 생명이었다. 별의 일생을 인간의 생로병사에 대비해서 해석하는 점성술도 이러한 맥락에서 생겼다. 별에 대한 신비로움 때문에 대학에 와서 천문학을 수강하기도 했다. 하지만 수업은 천체의 신비를 개괄하는 것이 아니라 지구와 행성 간의 거리를 재고 수치를 계산하는 지엽적인 것에 머물렀다.

실재하지는 않지만 누구에게나 막연한 대상으로서 존재하는 '너'가 있다. 이해타산이 전혀 개입되지 않은, 언제든 마음에 떠올려보고 그리워할 수 있는 존재. 닿을 순 없지만 서로를 깊이 들여다보며 교감한다. 수많은 사람들에게 별은 멀리서 마주볼 수 있는 그러한 '너'가 되어 왔다. 포리스트 카터(Forrest Carter)의 베스트셀러 『내 영혼이 따뜻했던 날(The Education of Little Tree)』에는 이런 대목이 나온다. "작은 나무야, 늑대별 알지? 어두워지기 시작하면 보이는 별 말이야. 어디에 있든지 간에 저녁 어둠이 깔릴 무렵이면 꼭 그 별을 쳐다보도록 해라. 할아버지와 나도 그 별을 볼 테니까. 잊지 말아라." 공권력에 의해 하는 수 없이 고아원으로 오게 된 작은 나무는 저녁마다 늑대별을 바라보며 할아버지 할머니와 대화를 나눈다. 별을 메신저 삼아 외로움과 그리움을 견뎌낸다.

오태환 시인은 사랑하는 여인의 몸에 돋은 소름을 별이라고 노래했다. "별들을 읽듯 그녀를 읽었네 / 가만가만 점자(點子)를 읽듯이 그녀를 읽었네 / 그녀의 달걀빛 목덜미며 / 느린 허리께며 / 내 손길이 가 닿는 언저리마다 / 아흐, 소름이 돋듯 별들이 돋아 / 아흐, 소스라치며 반짝거렸네." 사람의 몸에도 밤마다 일제히 돋아 반짝거리는 별들이 있다는 것을 왜 이제야 알게 되었을까.

미국의 천문학자 클라이드 윌리엄 톰보(Clyde Tombaugh, 1906~1997년)는 평생 별을 사랑한 사람이었다. 가난한 농장 출신인 그는 대학을 포기하고 번 돈을 모아 반사망원경을 사서 별들을 관찰했다. 23세의 톰보는 그동안 관찰해 온 화성과 목성의 그림을 그려 로웰천문대로 보냈고 그것을 계기로 천문대의 신입 조수가 된다. 매일 같은 시간, 같은 장소에서 그는 수많은 별들을 찍고 관찰하는 지루한 작업을 반복했다. 그러던 중 1930년 2월, 미세하게 자리를 바꾸는 작은 별 하나를 발견한다. 태양계의 9번째 별인 행성 X, 명계의 왕이라 하여 명왕성이라는 이름을 붙였다.

1992년 NASA는 톰보에게 명왕성 탐사선에 탑승해 달라는 제안을 했다. 2006년 뉴호라이즌스호는 마침내 톰보의 유해를 싣고 명왕성으로 떠났다. 탐사선은 2015년 7월 명왕성에 도착할 예정이다. 톰보는 죽어서도 최초의 개척자가 되는 것이다. 같은 해 2006년 IAU 총회는 표결에 부쳐 발견된 지 76년 만에 명왕성을 태양계의 행성에서 제외시켰다. 행성은 구형을 유지해야 하고 독립된 궤도로 태양 주위를 돌아야 하지만 명왕성은 궤도를 어지럽히는 얼음 부스러기들을 청소하기에 너무 작은 별이었다. 지금 명왕성은 '소행성 플루토(134340 Pluto)'로 이름을 바꾸었다.

"별이 지면 꿈도 지고/슬픔만 남아요/창가에 지는 별들의 미소/잊을 수가 없어요 (중략) 저 별은 나의 별, 저 별은 너의 별, 아침 이슬 내릴 때까지." 이 노래는 1980년 신군부 쿠데타가 일어나자 군인들이 집권하는 별들의 시대를 풍자하는 노래로 불려지기도 했다. 대학생들은 별들의 막강한 권력도 아침이 되면 한줌 이슬처럼 사라질 것이라고 예언자적 안목으로 노래했고 실재로 별들은 그렇게 져갔다. 이 노래는 미처 의도하지 않았던 은유와 상징을 통해 한 시대를 비판하는 역할을 한 셈이다.

'지구촌 불끄기 행사'는 기후변화의 심각성을 알리고 탄소가스 배출을 줄이기 위해 2007년 호주 시드니에서 1시간 동안 불을 끄면서 시작한 행사이다. 지금은 매년 3월 마지막 토요일 뉴질랜드에서 서쪽으로 지구를 한 바퀴 돌면서 차례로 1시간씩 소등을 하

평생 별을 사랑했던 미국의 천문학자 클라이드 톰보.
생전에는 명왕성이었던 소행성 플루토(134340 Pluto)를 최초로 발견한 사람이었고
죽어서는 그곳에 처음으로 도착하는 개척자가 되었다

는 전 지구적 행사로 발전했다. 우리나라 도시들도 이 행사에 참여하고 있다. 전기도 아끼고 이산화탄소 발생량도 줄이고 캄캄해진 하늘에 나타난 별도 마음껏 볼 수 있는 행사이다. 어떤 의미에서는 지구촌 별보기 행사라 해도 과언이 아니다. 별이 인류의 삶에 미친 영향은 말할 수 없이 크다. 문화, 예술, 역사, 과학, 지리적 발견 등 별은 인간의 정신문화적 발전과 과학적 발전에 깊숙이 개입해 왔다. 별이야말로 가장 가치 있는 인류 공동의 자연문화유산이라 할 수 있다.

"별 하나에 사랑과 별 하나에 추억과 별 하나에 쓸쓸함과 별 하나에 동경과 별 하나에 시"를 어떻게 다 말할 수 있을까. 모르는 이야기, 남은 이야기는 저녁 산책길에 나가 우주의 무한한 공간을 올려다보며 혼자 중얼거려야겠다. "저렇게 많은 중에서 별 하나가 나를 내려다본다/이렇게 많은 사람들 중에/그 별 하나를 쳐다본다."(김광균 「저녁에」 중) 별들의 세계는 상호작용하는 시선(視線)의 세계이다. 지상을 내려다보는 눈과 천상을 올려다보는 눈망울, 무덤가에 무성하게 자라는 개망초, 풀벌레 소리, 가로등 주위를 날아다니는 나방들, 물가에 삼삼오오 자리를 잡은 사람들, 자전거의 야광 불빛, 강바람에 일렁거리는 느티나무, 이 모든 반짝거림이 서로를 끌어당기는 별빛이며 노래가 아닌가.

다시 하늘을 올려다본다. 별을 소재로 하는 수많은 노래와 시와 이야기가 별과 나, 별과 너, 천체와 인류 사이 인력의 법칙을 말하고 있다. 이것은 그리움과 소통에 대한 간절함, 존재를 묻는 물음으로 이어진다. 우리 모두 누군가의 아름다운 별이며 노래가 되어야겠다. 자갈을 휘감아 도는 물살처럼 우주의 기류가 별을 만들어낸다. 은하수 물살에도 떠내려가지 않고 자갈거리던 별들을 생각한다. '그러면 어느 운석 밑으로 홀로 걸어가는/슬픈 사람의 뒷모양이' 보인다. 캄캄한 어둠 속에서 별들이 빛난다.

저 별은 나의 별/저 별은 너의 별

별빛에 물드는/밤같이 까만 눈동자

저 별은 나의 별/저 별은 너의 별

아침 이슬 내릴 때까지

별이 지면 꿈도 지고/슬픔만 남아요

창가에 지는 별들의 미소/잊을 수가 없어요

산타 루치아, 산타 루치아

창공에 빛난 별 물 위에 어리어

바람은 고요히 불어오누나

창공에 빛난 별 물 위에 어리어

바람은 고요히 불어오누나

내 배는 살같이 바다를 지난다

산타루치아 산타루치아

내 배는 살같이 바다를 지난다

산타루치아 산타루치아

〈산타 루치아(Santa Lucia)〉는 나폴리 민요이다. 이 노래를 배울 즈음 중3이었던 우리는 화음의 성질에 대해서 공부했다. 장3화음과 단3화음, 증3화음과 감3화음 등 그리 복잡하지는 않은 내용이었다. 하지만 친구들은 한 옥타브 안에서 미-파와 시-도 사이가 다른 음들과 달리 반음 관계라는 상식이 없어서 선생님이 내주는 문제를 자주 틀렸다. TV 신인음악회에 출연하는 멋쟁이 선생님이었지만 우리들에게 돌대가리니 닭대가리니 하는 비난을 마구 퍼부어댔다. 불친절하고 까다로운 멋쟁이였다. 이론 시간은 악몽 같았지만 〈산타 루치아〉를 부를 때만큼은 교실 분위기가 조용하다 못해 숙연했다. 무슨 생각들을 하는지 억압된 분위기 속에서도 다들 자기가 낼 수 있는 가장 아름다운 목소리로 노래를 부르고 있었다.

낭만적인 이탈리아 칸초네가 감성 풍부한 중학교 3학년 여학생들을 감동시키고 있었다. 세계 3대 미항이라는 나폴리 산타 루치아에 대한 동경에 취해 우리는 마치 유체이탈한 듯 이국의 항구를 헤매고 있었다. 노래의 아름다움에 매혹되어 지금껏 음악 선생님에게 받아온 온갖 비난과 모욕들을 다 잊었다. 어쩌면 음악 시간 자체가 선생님의 신경질을 충분히 커버하고도 남음이 있었다. 아마도 〈산타 루치아〉는 중학교 음악책에 실려 있던 가장 멋진 노래가 아니었나 생각한다.

아직 나는 이탈리아에 가보지 못했다. 20대 아들이 밀라노와 로마를 거쳐 토리노에 있어도 돈 부쳐 보내기에 바빠 이탈리아 여행 계획을 한 번도 구체적으로 잡아보지 못했다. 대신 문학작품과 음악 속에서 베네치아와 피렌체, 나폴리 등 이탈리아의 도시 구석구석을 헤매고 다녔다. 어떤 면에서는 가본 사람 이상으로 이탈리아를 더 잘 안다고 할 수도 있다.

"나폴리를 보고 죽으라!"는 말이 있다. 괴테는 『이탈리아 여행』

에서 나폴리를 세상에 둘도 없는 환상적인 도시로 묘사한다. "나폴리는 천국이다. 모든 사람들이 어느 정도 도취된 듯한 자기 망각 속에 살고 있다. 나도 마찬가지이다. 나 자신을 좀처럼 인식할 수 없고 완전히 다른 사람이 된 것 같다." 괴테는 남국의 태양과 따뜻한 기후, 나폴리 사람들의 낙천적이고 낭만적인 기질에 반한 듯하다. 하지만 알려진 것과 달리 나폴리는 그리 미항이 아니라 한다. 오히려 쓰레기 더미로 가득 찬 더러운 도시라는 뉴스가 신문에 자주 오른다.

이탈리아는 오랫동안 지중해 해상교통의 요충지로 여러 개의 도시국가로 나누어져 있었다. 특히 남부 지역은 수많은 외세의 침입에 맞서 스스로를 지키기 위해 비밀결사 조직을 만들었고 그것이 마피아의 시초가 되었다. 이러한 지정학적인 문제가 오래도록 불거져 오면서 대부분의 주민들은 정부를 적대적으로 생각하는 경우가 많아졌다. 부유한 북부에 비해 남부는 경제 사정이 상대적으로 열악하다. 그러다 보니 불법과 탈세는 자연스러운 일이 되었고 주민들은 정부 권력 대신 현지 권력인 마피아를 주로 따르게 되었다. 마피아는 남이탈리아식 온정주의의 극치를 보여준다. 조직과 제 사람 챙기기, 핏줄에 대한 끈끈한 정 등 집단 내 이타주의는 말할 수 없이 강하다. 하지만 협객 정서가 지배하는 집단 내 이타주의는 다른 집단에게 심각한 피해로 이어진다.

마피아에게는 '오메르타(omerta)'라는 침묵의 철칙이 있다. 흔히 알고 있는 '죄수의 딜레마'와 달리 배신에는 이익이 아니라 죽음이 따른다. 배신에 따른 불이익이 엄청나기 때문에 이들은 조직을 절대 배신하지 않는다. 배신할 엄두조차 내지 못한다. 그만큼 조직과 조직의 비밀을 철저히 지킨다. 자기희생을 자발적으로 치르는 개인이 많을수록 그 집단은 번성한다. 강력한 제재에도 불구하고 지금까지 마피가 건재하는 이유는 바로 오메르타의 원리 때문이다. 영화 〈대부〉시리즈를 통해서 이들 식의 정의와 꼬리에 꼬리를 물고 이어지는 피의 복수를 수없이 보았다.

잔잔한 바다 위로 저 배는 떠나가고
노래를 부르니 나폴리라네
황혼의 바다에는 저 달이 비추이고
물 위에 덮인 하얀 안개 속에 나폴리는 잠든다
산타 루치아 잘 있어 서러워 말아 다오
즐거운 나그네는 이 밤이 기쁘건만
나폴리 떠나가는 이 배는 가슴이 아프리라
산타 루치아 잘 있어 서러워 말아 다오

고등학교에 들어가니 음악책에 〈먼 산타 루치아(Santa Lucia Luntana)〉가 실려 있었다. 중학교 때 배운 〈산타 루치아〉의 후속편 같아 반가웠다. 나폴리의 산타 루치아 항은 독재자 무솔리니가 마피아 소탕 작업을 시작하면서 위협을 느낀 남부 마피아들이 미국을 향해 떠나가던 마지막 항구였다. 낙천적이고 노래를 사랑하는 이들이 누대로 살아온 고향을 이별하는 심정이 〈산타 루치아〉와 〈먼 산타 루치아〉에 고스란히 담겨 있다. 이 두 노래에는 슬픔보다

세계 3대 미항이라고 불리는 나폴리

차마 고향을 떠나지 못하겠다는 아쉬움과 회한이 더 크다. 가사는 고향을 의인화하고 있다. "산타 루치아, 잘 있어 서러워 말아 다오." "정든 나라에 행복아 길어라. 산타 루치아 산타 루치아." 가사에는 꼭 다시 돌아오겠다는 약속과 자기 확신, 고향 땅을 향한 축복이 듬뿍 담겨 있다. 쫓기며 떠나는 항해이다 보니 노래는 모두 밤을 배경으로 한다. 별빛 비치는 〈산타 루치아〉가 방금 나폴리 항을 떠나는 심정을 노래하고 있다면 달빛 비치는 〈먼 산타 루치아〉는 뱃전에서 바라보는 나폴리의 원경을 그리고 있다.

마피아는 19세기 말과 20세기 초 뉴욕과 시카고 등으로 건너가 금주법을 계기로 거금을 확보하면서 세력을 확대해 나갔다. 이들은 잔혹한 범죄를 통해 부를 축적했다. 하지만 동시에 정의와 우정을 베풀고 명예를 존중하며, 겸손하고 관대했다. 지역사회에서도 소상인이나 약자를 보호하는 등 폭넓은 신뢰를 확보했다. 그러한 면을 부각시켰다는 점에서 영화 〈대부〉는 진지하고 흥미로운 영화이지만 범죄 조직을 미화한 측면이 크다고 하겠다. 이 세계의 음모와 기만, 이중성에 대해서는 판단이나 평가를 섣불리 내리기 어려울 것 같다.

〈대부 3〉 마지막 장면에서 산전수전을 다 겪은 노장 알 파치노는 이오니아식 기둥이 서 있는 오페라 극장의 계단에서 애지중지하던 딸이 총에 맞아 죽는 장면을 목격한다. 그 후 그는 아무도 없는 시칠리아의 저택에서 쓸쓸한 최후를 맞는다. 이 장면에 오페라 《카발레리아 루스티카나(Cavalleria Rusticana)》의 간주곡이 화려하게 흐른다. 운명이란 이토록 비극적이고 장엄해야 청중들에게 감동을 줄 수 있나 보다.

일반적으로 한국인들도 이탈리아인들과 비슷한 점이 많다. 가부장적이고 노래를 즐기며, 정이 많고 고향에 대한 집착도 강하다. 우리 전통 정서처럼 이탈리아인들 또한 뒤끝이 길다. 허세와 과시도 심하다. 한국의 욕 문화만큼이나 남부 이탈리아도 욕이 다양하게 발달되어 있다. 욕의 내용도 한국 욕처럼 길고, 상대의 아버지나 어머니, 애인과 아내를 들먹이며 저주를 퍼붓는 것이 주를 이룬다고 한다. 그러다 보니 북부인들은 남부인들을 다소 무시하는 경향이 있다. 일조량이 많고 태양이 이글거리는 정열의 나라여서인지 두 나라 사람들 모두 다혈질이고 화끈한 것 같다.

나폴레타나(napoletana, 나폴리 민요)는 환영을 불러일으키는 노래이다. 이별의 노래조차도 단조로운 슬픔이 아니라 잔잔하고 가슴 뭉클하게 다가오는 감동과 깊은 예술성이 있다. 〈먼 산타 루치아〉는 고향이 점점 멀어질수록 애타는 심정을 이탈리아 특유의 열정으로 노래한다. 머지않아 나폴리 항구에서 배를 타고 〈산타 루치아〉와 〈먼 산타 루치아〉를 정겨운 마음으로 부를 날이 내게도 오리라.

두만강 푸른 물에 노 젓는 뱃사공

〈눈물 젖은 두만강〉을 처음 알게 된 것은 어릴 적 KBS 라디오 반공 드라마 〈김삿갓 북한 방랑기〉를 통해서이다. 삿갓을 쓴 풍류객의 구수한 방랑기 끝에는 늘 풍자 시조와 함께 〈눈물 젖은 두만강〉이 시그널 음악으로 흘러나왔다. 6·25 전쟁 이후 반공을 국시로 하던 1960년대, 〈김삿갓 북한 방랑기〉는 북한 주민들의 비참한 생활을 폭로하고 허구에 찬 북한의 실상을 고발하는 프로그램이었다. 매일 낮 12시 55분부터 5분간 방송하는 단막극이었지만 인기가 높아지면서 저녁 9시 55분에 본방을 하고 다음날 12시 55분에 재방송을 하였다. 점심을 먹고 나면 늘 어디선가 〈김삿갓 북한 방랑기〉가 들려왔다. 어린 아이의 귀에도 〈눈물 젖은 두만강〉에 실려 나오는 김삿갓의 목소리는 굵직하고 위엄이 있었다.

그때는 〈눈물 젖은 두만강〉 말고도 라디오에서 흘러나오는 노래들을 많이 듣고 배웠다. 그날도 라디오에서 들은 노래를 목청껏 불러댔다. "너무나도 그 님을 사랑했기에/그리움이 변해서 사무친 미움/원한 맺힌 마음에 잘못 생각해/돌이킬 수 없는 죄 저질러놓고~" 어디선가 엄마가 나타났다. 엄마는 실컷 웃고 나서는 무슨 뜻인지 알고 부르냐고 물었다. 아이가 알 리 없었다. 다시는 부르지 말라고 했다. 왜냐고 물어도 알 필요 없다고 했다. 〈동숙의 노래〉, 어린아이가 부르기엔 적절치 않은 노래였다. 그러고 보니 라디오에서 나오는 노래들은 학교나 교회에서 배우는 것들과 달리 가사나 멜로디가 세속적이었다.

두만강 푸른 물에 노 젓는 뱃사공
흘러간 그 옛날에 내 님을 싣고
떠나간 그 배는 어데로 갔소
그리운 내 님이여 그리운 내 님이여
언제나 오려나

〈눈물 젖은 두만강〉은 1936년 이시우 작곡, 김정구 노래로 발매되었다(처음에는 이시우의 가사로 시작, 후에 음반을 내면서 김용호가 가사를 다듬었다). 1930년대 어느 여름날 극단 예원좌가 두만강 유역의 도문에서 공연을 마치고 숙소에 묵고 있었다. 이들은 피곤에 지쳐 곯아떨어졌지만 밤새 옆방에서 흘러나오는 여자의 울음소리에 깊은 잠을 이룰 수 없었다. 사연을 알고 보니 독립군으로 출정한 남편의 소식을 수소문하러 강을 건너온 아내가 남편의 전사 소식을 들은 것이다. 슬픔과 절망으로 오열하는 여인의 사연을 들은 음악인 이시우는 착잡한 심정으로 두만강 가를 거닐었다. 이때 가슴에 뭉클 떠오르는 가사가 있었다. "흘러간 그 옛날에 내 님을 신고/ 떠나간 그 배는 어데로 갔소." 〈눈물 젖은 두만강〉은 단순한 시대현실의 반영이 아니라 나라를 송두리째 빼앗긴 처절한 망국의 한을 여인의 눈물을 빌어 비애의 정조로 노래한다. 이 노래는 음반으로 만들기 전부터 인기를 얻기 시작하여 정식으로 발매된 후에도 큰 반응을 얻었다.

압록강과 두만강은 민족의 한이 담긴 국경의 강이다. 일제의 토지조사사업 이후 농토를 잃은 수많은 농민들이 이 강을 넘어 만주와 연해주 등지로 이주해 갔다. 살길을 찾아 자발적으로 이주하는 경우도 있었지만 일제에 의한 강제이주가 체계적으로 이루어졌다. 이들은 새로운 이주지에서 천대 받으며 관헌들의 횡포에 시달렸고 토착민들과의 갈등 끝에 살육전이 벌어져 다시 끝 모를 유랑의 신세로 떨어지기도 했다. 연해주와 북사할린의 한인들은 스탈린에 의해 중앙아시아로 강제이주 당하는 가혹한 운명을 피할 수 없었으며, 남사할린에 동원된 한인들은 감시와 통제 속에서 임금도 받지 못한 채 탄광과 벌목장, 비행장, 도로공사장 등에서 강제노동에 시달렸다. 드물지만 성공적으로 정착한 경우에도 남의 땅에 힘겹게 세운 기반 때문에 해방된 조국으로 쉽게 돌아올 수 없었다.

국가 부재의 상황은 국가라는 아버지 부재의 상황을 낳았다. 아버지 부재는 일제의 횡포에 굴복할 수밖에 없는 공포를 낳았으며, 이 공포를 극복하기란 여간 쉬운 일이 아니었다. 잠시나마 해방되는 길은 대부분의 유행가처럼 자기연민이 뒤섞인 눈물과 탄식, 체념의 정조에 젖는 길뿐이었다. 〈눈물 젖은 두만강〉은 님을 그리는 단순한 탄식의 노래가 아니었다. 이 노래에서 '님'은 다분히 다의적이고 형이상학적인 면모를 담고 있었다.

한용운은 "기룬 것은 다 님이다"라고 했다. 님은 잃어버린 조국이며 나라와 민족을 구하기 위해 목숨을 던진 숭고한 대상이며 무한한 힘을 가진 절대자이기도 했다. "그리운 내 님이여 그리운 내 님이여 / 언제나 오려나." 〈눈물 젖은 두만강〉은 님을 잃은 슬픔과 님에 대한 그리움, 님을 기다리는 절실함을 통해 시대적 공감을 얻을 수 있었다. 이 곡에 나타난 슬픔과 그리움, 기다림은 당대 사회적 긴장을 반영하며 자학적이고 과장된 슬픔과는 차원이 다른 식민지인 공통의 한을 보여주었다. 따라서 조선인의 민족의식을 자

일제의 토지조사사업으로 농토를 잃은 농민들이
먹고 살 길을 찾아 건너야 했던 민족의 한이 담긴 압록강

극한다는 이유로 총독부로부터 발매금지 처분을 받고 말았다.

최근 북한과 중국, 러시아는 두만강 하구에 무비자 국제 관광특구를 공동으로 개발·관리하겠다는 계획안을 발표했다. 이 지역에 3개국이 각각 10km^{2}의 땅을 제공해 온천호텔, 골프장, 면세점을 비롯한 관광, 레저, 오락시설을 설치하여 3국의 국경을 넘나드는 관광코스를 개발하기로 합의한 것이다.

두만강 하류에는 조선말 청-러 간의 베이징조약(1860년)으로 억울하게 러시아에 넘어간 녹둔도(鹿屯島)라는 미 수복 영토가 있다. 남북 28km, 동서 12km인 이 섬에는 조선인 113가구(822명)가 살고 있었다. 1984년 11월 북한과 구소련 당국자 간 국경회담에서 다시 관심을 모았지만 미해결 과제로 남게 되었고, 1990년에는 우리 정부가 직접 섬의 반환을 요구하였지만 성사되지 못했다. 1984년 당시 북한이 국경조약을 체결하면서 베이징조약을 그대로 이어받아 녹둔도가 러시아 영토임을 인정해버린 셈이 되었다.

〈눈물 젖은 두만강〉은 가수 강산에의 노래 〈라구요〉에도 나온다. 아마 우리 시대의 대중은 크게 〈눈물 젖은 두만강〉을 아는 세대와 강산에의 〈라구요〉를 아는 세대로 나눌 수 있을 것이다. 이 노래에는 〈눈물 젖은 두만강〉을 들으며 고향을 그리워하는 실향민 아버지가 등장한다. '죽기 전에 꼭 한 번만'이라는 말의 절실함이 마음에 와 닿는다. 그것은 이루어질 가능성이 거의 없다는 뜻이다. 일제강점기를 거쳐 온 세대나 북에 고향을 둔 사람들에게 이 노래의 의미는 남다르다.

두만강 푸른 물에 노 젓는 뱃사공을 볼 수는 없었지만
그 노래만은 너무 잘 아는 건 내 아버지 레퍼토리
그 중에 십팔 번이기 때문에 십팔 번이기 때문에
고향 생각나실 때면 소주가 필요하다 하시고
눈물로 지새우시던 내 아버지 이렇게 얘기했죠 죽기 전에
꼭 한 번만이라도 가봤으면 좋겠구나 라구요

〈눈물 젖은 두만강〉과 비슷한 정서의 가곡으로 양중해의 시에 변훈이 작곡한 〈떠나가는 배〉가 있다. "저 푸른 물결 외치는 거센 바다로 떠나는 배/내 영원히 잊지 못할 님 실은 저 배는 야속하리/날 바닷가에 홀로 남겨두고 기어이 가고야 마느냐// 터져 나오라 애 슬픔 물결 위로 한된 바다~" 이 노래에는 박목월 시인과 H양의 사연이 담겨 있다. 일제강점기, 님을 독립군으로 보낸 사연에 비할 수는 없지만 이룰 수 없는 사랑과 이별의 비애를 뜨겁게 토해내고 있어 한때 수많은 사람들이 애창했다.

강가에서의 이별은 슬픔의 정을 한층 더 부추기는 면이 있다. 〈눈물 젖은 두만강〉은 고려 말 정지상의 한시 「송인(送人)」의 정조를 일부 이어받은 듯하다. "雨歇長堤草色多 비개인 언덕 봄풀은 푸른데/送君南浦動悲歌 남포에서 님 보내는 구슬픈 노래/大同江水何時盡 대동강 물이야 언제 마르리/別淚年年添綠波 해마다 이별 눈물 보태는 것을." 중장과 종장의 절창이 이별의 아픔을 한층 더 고조시킨다. 강물도 달밤이면 목메어 울고 해마다 님 잃은 눈물 보태는 바람에 지금도 두만강과 대동강 물은 마르지 않고 흐른다.

그리움, 기다림, 회상 등은 시대를 초월하는 주제이다. 이것이 어떻게 한 시대를 반영하고 그 시대와 조화를 이루느냐, 시대를 초월해 공감을 불러일으키느냐에 따라 노래는 순식간에 사라지기도 하고 영원히 만인의 애창곡이 되기도 한다. 〈눈물 젖은 두만강〉은 매주 월요일 밤 KBS 〈가요무대〉의 단골 레퍼토리였다. 아버지가 이 프로그램을 좋아해서 몇 차례 같이 본 적이 있다. 그때마다 지금은 작고한 원로가수 김정구가 나와서 〈눈물 젖은 두만강〉을 구성지게 불렀다. 아버지는 그러셨다. 옛날 노래는 가사에 뜻이 있고 사연을 담고 있는데 요즘 노래는 너무 가볍다고. 맞는 말씀입니다, 아버지. 그때도 이렇게 답했던 것 같다.

파고다 공원에 갔지 비오는 일요일 오후 늙은 색소폰 연주자가 온몸으로 두만강 푸른 물을 불어 대고 있었어 출렁출렁 모여든 사람들 그 푸른 물속에 섞이고 있었지 두 손을 꼭 쥐고 나는 푸른 물이 쏟아져 나오는 색소폰의 주둥이 그 깊은 샘을 바라보았지 백두산 천지처럼 움푹 패인 색소폰 속에서 하늘 한 자락 잘게 부수며 맑은 물이 흘러나오고 아아 두만강 푸른 물에 님 싣고 떠난 그 배는 아직도 오지 않아 아직도 먼 두만강 축축한 그 색소폰 소리에 나는 취해 늙은 연주자를 보고 있었네 은행나무 잎새들 노오랗게 하늘을 물들이고 가을비는 천천히 늙은 몸을 적시고 있었지 비는 그의 눈을 적시며 눈물처럼 아롱졌어 색소폰 소리 하염없을 듯 출렁이며 그 늙은 사내 오래도록 색소폰을 불었네

-이대흠, 「두만강 푸른 물」

아파트의 가요 지리학

의식주는 인간이 안정된 생활을 하기 위해 갖추어야 하는 가장 기본적인 요소이다. 그 중에서도 주거는 특정 장소나 환경을 통해 자기정체성을 만들어가는 곳으로 배고픔을 해결하고 추위를 가리는 것보다 한 단계 높은 문화적인 차원에 속한다. 물리적인 주거 환경은 개인의 정신세계와 사회적 환경을 형성하는 바탕이 된다.

아파트는 한국을 대표하는 주거 양식이다. 한국만큼 아파트라는 주거 문화가 성공적으로 정착된 예는 드물다. 서울을 처음 방문한 외국인들은 매머드 급의 거대한 아파트 단지에 놀란다. 아파트가 체계적으로 건설되기 시작한 것은 1960년대 박정희 정부가 경제개발계획을 본격적으로 추진하면서부터이다. 신은 자연을 만들었고 인간은 도시를 만들었다는 말이 있다. 서울을 중심으로 경제개발이 시작되자 무작정 상경하는 행렬이 줄을 이루었고 전국에서 몰려드는 사람들로 서울 외곽은 슬럼화가 급격히 진행되기 시작했다. 먹는 문제 이상으로 주거 문제는 시급하고 절박한 국가적 과제였다. 좁은 땅덩어리에서 토지 효율성을 높이는 가장 좋은 방법은 아파트 건설이었다. 이 시기에 추진한 대단위 아파트 건설은 주택난 해소라는 이름 하에 이루어진 국가적 건설 사업이었다.

1970년대에 이루어진 강남 개발은 애초에 건설했던 서민 아파트들과 달리 중산층을 겨냥한 것이었다. 반포아파트 단지와 압구정동 현대아파트가 대표적인 예이다. 강남의 고급 아파트는 맨션이라는 차별화된 이름을 붙이면서 신흥 중산층의 대표적인 주거 양식이 되었다. 아파트는 편리하고 현대적이며 시세 또한 단독주택보다 빠르게 상승하고 느리게 하락하는 구조를 갖추고 있었다. 아파트는 가장 확실한 이익 창출의 수단이었다.

아파트는 개인의 사적 공간을 확보할 수 있는 곳으로 대단위 공동주택 속에서 개인은 익명으로 철저히 가려질 수 있었다. 공개되고 개방되어 있는 전통 주거 방식과 달리 아파트는 사적 영역을 보호받을 수 있는 은밀한 공간이었으며 점차 사생활 보호, 개인정보 보호 같은 새로운 시대의 새로운 가치 규범들을 만들어냈다. 또한 수시로 팔고 사게 되면서 한 곳에 오래 정착하지 않는 문화가 생겨나기 시작했다. 이것은 '나만의 방'의 보급과 함께 소통 단절의 자기중심적이고 개인주의적인 문화를 양산하였다.

별빛이 흐르는 다리를 건너
바람 부는 갈대숲을 지나

언제나 나를 언제나 나를
기다리던 너의 아파트
그리운 마음에 전화를 하면
아름다운 너의 목소리
언제나 내게 언제나 내게
속삭이던 너의 아파트

윤수일의 노래 〈아파트〉는 딩동! 하는 벨소리로 시작한다. 콘크리트 회색빛 아파트를 고향으로 삼은 도시인의 감성은 이전 세대가 추구하는 추억이나 회상, 그리움과는 다른 방식을 보여준다. 아파트에서 '나'를 기다리는 '너', 이들의 관계는 공개적으로 인정받을 수 없는 관계라는 인상이 짙다. 그것은 아파트라는 익명성의 주거 문화가 만들어내는 부정적인 이미지이다. 이들의 그리움과 속삭임은 정신적이라기보다 물질적이고 육체적이다. 나와 너는 아파트에서 은밀한 사랑을 나눈다. 아파트는 욕망의 시스템을 작동시키는 물리적 장소이자 그것의 매개 역할을 한다.

〈아파트〉는 도시인의 영혼 없는 사랑을 노래한다. 별빛이 흐르고 갈대숲으로 바람이 분다는 가사는 의미를 담았다기보다 기존 가요의 시류를 그대로 답습한 부분이라고 볼 수 있다. '흘러가는 강물처럼 흘러가는 구름처럼'에 나타나듯 도시의 장소는 유동적이고 가변적이다. 한곳에 정착하지 않는 문화는 사랑에서도 그대로 드러난다. 적절한 시기에 팔고 움직여야 득이 되는 방식은 인간관계에서도 적용된다. 해서 사람도 사랑도 오래 머물지 않는다.

한국의 아파트는 사람을 소외시키고 단절을 조장하는 형태로 발전했다. 해서 도시인의 사랑은 쓸쓸하고 공허하다. 이혼, 재혼, 독신가구의 증가 등 가족구조의 변화는 이러한 현상을 더욱 부추겼다. 1970년대 아파트 문화를 배경으로 하는 대표적인 영화는 최인호 원작, 이장호 감독의 〈별들의 고향〉이었다. 〈별들의 고향〉은 경아라는 호스티스를 주인공으로 내세워 도시인의 욕망과 상처, 모순을 다루면서 사랑이 제거된 인간관계와 더 이상 대안이 없는 삭막한 도시인의 삶을 처절하게 보여주었다.

"오늘도 바보처럼 미련 때문에 / 다시 또 찾아왔지만 / 아무도 없는 아무도 없는 / 쓸쓸한 너의 아파트." 영화만큼 처절하지는 않지만 윤수일의 노래 또한 도시인의 진정성 없는 사랑을 통해 인간소외와 그에 따른 허무의식을 보여준다. 대중가요가 인기를 얻기 위해서는 대중의 사고와 언어, 그들의 공통 욕망을 빠르게 파악하고 있어야 한다. 아파트는 1980년대 대중의 의식과 세계를 지배하는 키워드였다. 그러한 점에서 윤수일의 〈아파트〉는 당대의 기대를 충족시키는 최신의 노래이자 최고의 노래였다.

싸이의 노래 〈강남 스타일〉은 강남의 풍요로움을 배경으로 한다. 〈강남 스타일〉은 강남의 좀 놀 줄 아는 남녀를 보여준다. 논다는 것은 누릴 줄 안다는 말이다. 1960년대에서 1970년대, 압축 성장의 시대에는 앞을 보고 달리기에도 바빠 여유를 부릴 틈이 없었다. 〈강남 스타일〉은 노력하지 않아도 부모 세대가 축적해놓은 부를 마음껏 누릴 수 있는 강남의 신세대들을 보여준다.

강남의 풍요로움은 아파트 개발에서 비롯되었다 해도 과언이 아니다. 강남의 아파트는 〈강남 스타일〉의 뮤직비디오에도 수차례 등장한다. 1970년대 허허벌판에서 시작한 강남 개발은 세월이 흐르면서 경제적 풍요뿐만 아니라 유행과 문화의 첨단을 달리는 세련된 '강남'을 완성시켰다. '친구 따라 강남 간다(隨友適江南)'는 속담을 중국의 강남이 아닌 한국의 강남으로 알고 있는 젊은이들도 꽤 있다. 그만큼 강남은 성공한 중산층이 사는 특별한 곳으로 인식되고 있다.

강남 신화는 아파트의 위치와 평수, 가격에 따른 사회적 신분 차이를 만들어냈다. 높은 층에 대한 집착은 또 다른 상승 욕구 지향을 보여준다. 상승 지향과 과시하는 풍조는 차별화를 만들어냈고

경제적 풍요를 바탕으로 유행과 문화의 첨단 도시가 된 강남,
하지만 풍요가 더해질수록 정신적 빈곤 또한 짙어져가는 것 같아 씁쓸하다

차별화의 기준을 '수준'에 두었다. 수준은 삶의 질과 무관한 생활 수준을 말하는 것이었지만 점차 문화 수준, 지적 수준 등 총체적인 것을 구분하는 차이와 다름으로 나타났다. 또한 폭등하는 아파트 가격은 함부로 진입할 수 없는 장벽을 만들었다. 강남이라는 위치와 아파트의 평수는 삶의 위상을 결정하는 중요한 잣대가 되었다.

낮에는 따사로운 인간적인 여자
커피 한잔의 여유를 아는 품격 있는 여자
밤이 오면 심장이 뜨거워지는 여자
그런 반전 있는 여자

나는 사나이
낮에는 너만큼 따사로운 그런 사나이
커피 식기도 전에 원샷 때리는 사나이
밤이 오면 심장이 터져버리는 사나이
그런 사나이

싸이의 음악은 삶의 의미나 진실을 보여주지 않는다. 그의 음악은 표피적이고 상업적인 냄새를 강하게 풍긴다. 〈강남 스타일〉은 통속적이고 본능적인 정서에 호소하는 대중 미학의 본질을 드러내며 변덕스러운 대중의 감각에 편승한다. 〈강남 스타일〉은 독창적이지 않다. 오히려 말초적이고 직설적이며 치명적인 진부함으로 무장해 있다. 물질적 풍요 속의 정신적 빈곤은 〈강남 스타일〉만의 독특한 유혹이다. 사람들은 여기에 자신을 투사하고 이 유혹의 재미 앞에 단숨에 무너져버린다. 또 유머와 성(性)을 통해 차마 아무도 건드리지 못한 부분을 노골적으로 건드리며 사람들을 열광시킨다. 그 이상도 그 이하도 아니라는 것이 이 노래의 장점이다.

〈강남 스타일〉은 가볍고 자유롭다. 자유라는 단어가 주는 느낌이 가벼운 것은 그에 따른 책임이 없기 때문이다. 반복적이고 자극적인 리듬 속에는 유치하지만 오락의 요소들이 가득하다. '오빤 강남 스타일, 강남 스타일' '오오, 섹시 레이디' 같은 도식적인 가사와 리듬은 대중의 마음을 사로잡으며 흥을 돋운다. 〈강남 스타일〉은 물질과 정신의 불균형 속에서 헤매고 있는 한심하기 그지없는 강남의 속물들을 보여준다. 그러나 알고 보면 모두가 속물인 우리들의 본모습을 적나라하게 까발리는 풍자와 위트의 음악이다. 그래서 모두들 정곡을 찔린 채 포복절도 하는 것이다.

스스로 B급임을 자처했다시피 〈강남 스타일〉은 대부분의 비트 음악처럼 음악적으로는 빈곤했지만 효과는 엄청나게 컸다. 그것은 강남의 풍요와 여유, 자긍심을 바탕으로 하면서도 자본주의의 모순을 유쾌하게 풀어냈기 때문이다. 〈강남 스타일〉은 '대중'이라는 코드가 어느 때보다 중요한 의미를 가지는 시대임을 파악하고 있다. 대중가요는 재미를 갖춘 상품이어야 한다는 것, 재미는 편안함과 익숙함에서 온다는 사실을 정확하게 간파하고 있다.

윤수일의 〈아파트〉와 싸이의 〈강남 스타일〉은 30여 년이라는 세월의 격차가 있지만 둘 다 자본주의의 단면을 통해 현대를 살아가는 도시인의 정서와 삶의 맥락을 짚어내고 있다. 도시는 생성과 변화의 법칙이 작용하는 유동적인 곳이다. 윤수일의 〈아파트〉와 싸이의 〈강남 스타일〉은 단편적이긴 하지만 강남의 아파트를 배경으로 대중가요의 인문지리학을 보여주었다. 대중의 호응도 컸다. 강남은 자본과 소비욕망, 계층 등을 구분 짓는 조건이 도시의 물리적 환경이라는 점을 구체적으로 보여준 사례이다. 두 곡의 노래는 이러한 점을 놓치지 않았다. 서울은 주인 없는 거대한 도시이지만 강남은 분명한 주인이 있다는 점에서 강남이라는 장소성은 자본의 작동 원리를 전형적으로 보여주는 중심에 있다.

산골짝의 등불

민요나 가요처럼 대중성을 지향하는 노래에서 고향이라는 주제는 도식적인 틀에 쉽게 짜 넣을 수 있는 익숙한 소재이다. 고향은 친밀하고 안정된 공간이며, 집을 떠나 객지에서 생활하는 사람들의 마음에 깊이 자리 잡고 있는 정체성 확인의 장소이다. 고향을 의미 있게 만드는 것은 무엇보다도 가족의 존재이다. 그 중에서도 어머니는 고향이라는 장소의 중심에 자리 잡고 있는 고향에 대응하는 인물이다.

아늑한 산골짝 작은 집에 / 아련히 등잔불 흐를 때
그리운 내 아들 돌아올 날 / 늙으신 어머님 기도해
그 산골짝에 황혼 질 때 / 꿈마다 그리는 나의 집
희미한 불빛은 정다웁게 / 외로운 내 발길 비치네

〈산골짝의 등불(When It's Lamplighting Time in the Valley)〉은 미국 개척자들의 노래이다. 한번 집을 떠나면 쉬 고향으로 돌아갈 수 없던 시절, 이 노래는 서부 개척자들의 향수를 달래고 위로해주던 노래였다. 남자가 어른이 되기 위해서는 넓은 세상으로 나가야 한다. 고향의 정체성은 아들이 세계를 탐험하기 위해 어머니의 품을 떠나면서 의미를 갖기 시작한다.

〈시네마 천국(Cinema Paradiso)〉이라는 유명한 이탈리아 영화가 있다. 늙은 영사기사 알프레도는 고향을 떠나는 주인공 토토를 붙잡고 이런 요지의 당부를 했던 것 같다. "성공하려면 미련 없이 고향을 버려야 한다. 돌아오지 말거라. 다시는 고향 땅을 밟지 말아라. 미련을 떨쳐버려라." "그래야만 돌아올 수 있고, 그래야만 고향은 네 앞에 추억과 사랑하는 사람들과 소중한 것들을 그대로 돌려줄 것이다."

흔히 고향을 주제로 하는 노래들은 영원한 장소감을 가진 어머니에 대한 향수에 기대어 위로받고자 하는 모습을 보여준다. 어머니는 고향에 머물며 한결같은 마음으로 자식을 기다리는 안정감과 영속성을 상징하는 인물이다. 아들에 대한 어머니들의 사랑은 정성스럽고 지극하다. 아들을 향한 믿음 또한 특별하다. 모든 것이 풍요롭지 않던 시절에는 먹고 입는 것에도 딸과 분명한 차별을 두었다. 교육 문제에 있어서는 더 했다. 아들 교육을 위해서는 논 팔고, 소 팔고, 과수원까지 팔았지만 딸에게는 최소한의 교육만 시키고자 했다. 딸들 역시도 이것을 당연한 것으로 받아들였다. 아들은 모든 일의 우선순위에 있었다. 그것은 불문율이었다. 이의를 제기하거나 옳고 그름을 따질 수 없었다. 순순히 받아들이지 않거나 불만을 품으면 심한 질책이 돌아왔다.

여자가 여자에게 더 가혹했다. 가부장적 세계 속에서 어머니 자신이 여자로서 겪는 고통이나 수모가 컸기 때문에 아들을 향한 사랑과 기대는 무조건적이었다. 〈산골짝의 등불〉에서도 나타나듯 객지에 나간 아들을 하염없이 기다리며 기도하는 모습은 거의 절대자를 향한 신앙심에 가깝다고 할 수 있다. '무조건적 사랑'이라는 점에서 이 사랑은 인간을 향한 신의 사랑과 연결이 된다. 여기서 새로 유입된 기독교가 우리 전통적 사고방식이나 생활방식과 겹쳐져 더 굳건해지고 있는 또 다른 근대 경험의 공간을 발견할 수

척박한 산골짝이 완전한 장소가 될 수 있는 것은
그곳에 진정한 고향인 어머니가 있기 때문이다

있는 것이다.

산골짝은 모성적 이미지를 가지는 아늑하고 편안한 장소이다. 산골짝은 이동하고 확장하는 공간과 달리 응축하려는 욕구를 반영하는 공간이며 은신처이자 피난처 역할을 하는 곳이다. 가난하고 척박한 산골짝이 이처럼 완전한 장소가 될 수 있는 것은 무엇보다도 정신적 자양분을 제공해주는 어머니가 있기 때문이다. 어머니는 고향을 풍성하게 만드는 사람이며 존재의 근원으로서 자리잡고 있는 사람이다. 이러한 점에서 이 노래는 수많은 사람들의 향수를 자극하며 공감을 이끌어냈다.

By the lamp light each night, I can see her

밤마다 등불 곁에 앉아

As she rocks in her chair to and fro

의자를 흔드는 어머니 보이네

And she prays that I'll come back to see her

날 돌아오길 기도하시지만

Yet, I know that I never can go

아직 난 돌아갈 수 없네

Then she lights up the lamp and sets waiting

어머니 등불을 켜고 날 기다리네

For she knows not the crime I have done

내 지은 죄 모르시기에

So I'll change all my ways and I'll meet her

잘못을 고치고 어머니 만나리

Up in Heaven when life's race is run

내 갈 길 다 간 후 천국에 올라가 어머니 만나리

고향에 대한 그리움이 클수록 고향의 의미는 확대되어 현재를 감상적으로 만드는 경향이 있다. 원 가사를 읽어보면 2~3절에는 죄를 지어 고향에 돌아갈 수 없는 아들의 심정이 담겨 있다. 여기서 아들은 끝임 없이 떠도는 미성숙한 주체들을 대변한다. 밤이라는 시간은 두려움과 슬픔이 증폭되는 시간이다. 이것은 가뜩이나 왜소한 아들을 더욱 위축시킨다. 하지만 등불은 그리움의 불빛이며 무조건적인 용서의 불빛이다. 그리하여 고향은 객지를 떠돌며 받은 온갖 설움과 상처를 회복하고 자아를 재구성하는 진정한 치유의 장소가 되는 것이다.

기다리는 사람이 있기에 먼 곳을 방황할 수 있고, 돌아갈 고향이 있기에 낯선 객지를 오래 헤맬 수 있다. 기다리는 사람이 없고 돌아갈 곳이 없는 부유하는 삶은 영원히 정신적 허기에 시달릴 수밖에 없다. 이러한 점에서 고향은 모성적 원리가 지배하는 세계이다. 탕자의 귀향의지를 노래한다는 점에서 〈산골짝의 등불〉은 〈Tie a Yellow Ribbon Round the Old Oak Tree(참나무에 노란 리본을)〉와도 맥락이 상통한다. 이 노래에는 실화가 담겨 있다. 출소를 앞둔 죄수가 아내에게 편지를 보내고, 차마 아내를 마주할 용기가 없던 죄수는 아직도 날 사랑한다면 참나무에 노란 리본을 달아달라고 부탁한다. 버스는 긴 시간을 달려 마침내 목적지 부근에 도착하고, 늙은 참나무에는 멀리서도 알아볼 수 있을 만큼 수백 개의 노란 리본이 환하게 달려 있었다.

〈She Wore a Yellow Ribbon(황색 리본을 한 여자)〉이라는 노래도 있다. 이 노래는 존 포드 감독이 만든 동명의 서부영화 주제가이다. 늘 황색 리본을 목에 두르고 있는 여자가 있었다. 겨울에도 결혼의 달 오월에도. 왜 노란 리본이냐고 물었더니 멀리 있는 연인을 위해서라고 답한다. 노란 리본은 등불을 대신하는 것으로 변함없이 당신을 기다리겠다는 믿음의 표시이다. 세월호 참사를 겪으며 노란 리본은 우리에게도 어느새 무사귀환의 상징이 되었다.

〈산골짝의 등불〉은 한때 수많은 남성 합창단의 주요 레퍼토리였다. 1970년대까지만 하더라도 고향, 어머니, 아들, 이 3가지 요소는 대중문화의 중요한 코드였다. 근대화 과정에서 급격한 산업화에 따라 무작정 상경하거나 이농하여 도시 변두리에 정착한 이들의 망향의 정서는 대중들에게 폭넓은 공감대를 형성하였다. 당대 최고의 인기가수 은희, 최희준, 송창식 등이 모두 〈산골짝의 등불〉을 레코딩할 정도로 이 노래 또한 경쟁력 있는 곡이었다.

어머니의 사랑은 초월적이며 신적이다. 해서 어머니가 계신 산골짝은 천국의 이미지를 연상시킨다. 〈산골짝의 등불〉은 언젠가 돌아가야 할 완전한 장소를 보여준다는 점에서 유토피아적 의식이 저변에 깔려 있다고 하겠다. 고단한 현실은 잠시 지나가는 것이며 보다 영원하고 아름다운 세계를 지향해 나가야 한다는 종말론적 의식이 그것이다. 〈산골짝의 등불〉은 탕자를 기다리는 어머니,

죄와 벌, 용서와 구원을 다룬다는 점에서 매우 기독교적이다. 그럼에도 불구하고 이 노래가 세계인의 노래가 될 수 있었던 것은 누구도 거부할 수 없는 아늑한 고향과 어머니의 따뜻한 품을 그리고 있기 때문이다. 세상이 아무리 변해도 한결같은 모습으로 남아 있을 유일한 사람, 그것은 고향 자체이자 영원한 사랑의 표상인 어머니이다.

보리밭 사잇길로 뉘 부르는 소리

바람에 일렁이는 청보리 밭은 낭만적이다. 늦은 봄 보리이삭이 팬 밭둑에는 온갖 색깔의 야생화들이 자욱이 핀다. 시골에 살 적엔 이런 보리밭 사잇길을 걸어 지름길로 학교에 다녔다. 쌀 생산량이 절대적으로 부족하던 때, 식량자급자족을 위해 '혼분식 장려운동'을 적극적으로 펼치던 시대였다. 점심시간이면 담임선생님이 보리밥을 제대로 싸왔는지 도시락 검사를 했다. 겨울에는 한 학년 전체가 보리밭 밟기에 동원되어 나가기도 했다. 지금은 건강식품으로 귀한 대접을 받지만 당시만 해도 보리는 쌀과 달리 지천에 깔린 흔하고 흔한 곡식에 불과했다.

보리밭 이야기를 하면 불량한 상상력을 발동시키는 사람들이 있다. 주로 남성들이다. 어릴 적 보리밭에 들어가 뒹굴고 놀던 이야기를 하면 꼭 이상한 방향으로 이야기를 틀곤 한다. 아무튼 우리들은 종달새 새끼들 마냥 재잘거리며 주인도 모르는 보리밭에 들어가 숨바꼭질을 하며 놀았다. 안 되는 줄은 알았지만 친구의 부추김에 보리밭 이랑에서 실컷 뒹굴고 놀았다. 맑은 하늘 아래 출렁거리는 보리밭, 싱그러운 이랑 위로 드러눕고 쓰러지며 해맑게 웃어댔다. 허용되지 않는 곳에서 노는 즐거움은 환희에 가까운 것이었다. 선(善)이라고 그어놓은 테두리를 벗어나 마음껏 자유를 만끽한 시간이었다. 어른들에게 발각될 때까지 한동안 티 없이 즐거워했다. 고함소리에 놀라 보리밭을 걸어 나오며 나는 끝까지 이랑에 숨어 버티던 친구의 배짱을 부러워했다. 그것은 용기와 힘으로 보였다. 왜 내겐 저런 것이 없을까 자책조차 들었다. 이것이 어린 시절 가장 기억에 남는 일탈 중의 하나이다. 왜 나는 거기 머물지 못하고 여기 책상 앞에 앉아 기억 속의 보리밭 둑을 컴퓨터 자판으로 더듬고 있는가.

보리밭 사잇길로 걸어가면
뉘 부르는 소리 있어 나를 멈춘다
옛 생각이 외로워 휘파람 불면
고운 노래 귓가에 들려온다
돌아보면 아무도 보이지 않고
저녁놀 빈 하늘만 눈에 차누나

〈보리밭〉은 1970년대를 대표하는 가곡이지만 이 노래는 1952년에 만들어졌다. 부산 피난시절 종군기자였던 박화목과 해군음악대 소속의 윤용하는 전쟁의 참담함 속에 놓인 한국인들에게 희망을 줄 수 있는 노래를 만들어보자고 의기투합했고 그 결과로 이 노래가 세상에 나왔다. 하지만 발표 후에는 오랫동안 잊혀져 있다가 1965년 윤용하가 43세의 나이로 세상을 떠난 뒤 작곡집 〈보리밭〉이 1972년 지인들의 도움으로 출간되면서 뒤늦게 폭발적인 인기를 얻기 시작했다.

〈보리밭〉은 희망보다는 그리움을 노래한다. 〈보리밭〉은 이전의 고답적인 한국 가곡과 달리 1970년대식의 새로운 낭만을 보여준다. 지나간 한 시절을 회고하는 그리움과 망향의 노래이지만 그리움의 방식이 보다 신선하고 개방적이며 미래지향적이다. 노래가 펼치는 청각적인 풍경은 더 없이 아름답다. 선율의 상행과 하행의 대비, 피아노 반주의 펼침화음과 연이은 셋잇단음표, 트레몰로 주법은 보리밭에 일렁이는 바람과 탁 트인 보리밭 풍경을 근경에서 원경까지 다양하게 조망해준다. 실제로 〈보리밭〉은 이전까지 발표된 한국 가곡의 일반적이고 평이한 수준을 뛰어넘는 곡이었다. 지평선 너머로 지는 저녁노을까지 더하여 〈보리밭〉은 자유와 낭만, 그리움, 가난에도 굴하지 않는 정신 등 여러 가지 의미를 함축하는 노래가 되었으며 1970년대 우리나라 가곡 정신을 대표하는 노래가 되었다 해도 과언이 아니다.

보리는 구황작물이다. 늦가을에 파종을 하면 혹한을 이겨내고 여름에 거둬들일 때까지 손이 거의 가지 않는 작물이다. 한겨울을 거치고 봄과 여름에 이르기까지 보리를 살찌우는 것은 삭풍과 찬바람이다. 보리누름에 서걱거리는 보리밭 둑에 서 있으면 사막의 열기와 모래 바람 소리가 느껴지기도 한다. 이른 여름 보리농사가 끝나면 그 자리에 벼 모종을 심었다. 농번기 시골 학교는 가정학습이라는 이름으로 1~2일 휴업을 했다. 여름에는 보리를 삶아 둔 광주리가 부엌에 늘 걸려 있었다. 보리는 거칠긴 하지만 구수하고 깊은 맛이 있다. "해와 하늘빛이 / 문둥이는 서러워 // 보리밭에 달 뜨면 / 애기 하나 먹고 / 꽃처럼 붉은 울음을 밤새 울었다.(「문둥이」) 미당의 시에서처럼 보리는 한국인의 가난과 한 맺힌 삶, 서러운 이야기들을 많이 간직하고 있다. 한하운(1919~1975년)의 시에도 어김없이 보리밭이 등장한다.

보리피리 불며
봄 언덕
고향 그리워
피-ㄹ 닐니리

보리피리 불며
꽃 청산
어릴 때 그리워
피-ㄹ 닐니리

보리피리 불며
인환의 거리
인간사 그리워

피-ㄹ 닐니리

보리피리 불며

방랑의 기산하(幾山河)

눈물의 언덕을 지나

피-ㄹ 닐니리

「보리피리」는 한센환자에 대한 편견이 심하던 시절 병든 몸으로는 도무지 다가갈 수 없던 고향의 자연과 삶에 대한 애절함을 그리고 있다. '인환(人寰)의 거리 / 인간사'를 그리워하면서도 눈물로 방랑해야 하는 신세를, 시인은 '피-ㄹ 닐리리'라는 한 맺힌 민요조로 풀어낸다. 1952년 작곡가 조념은 한하운의 「보리피리」에 곡을 붙였다. 그는 전통 리듬과 음계를 사용하여 원초적 생명의지와 자유를 갈구하는 시인의 처절한 모습을 가곡으로 표현했다. 포르티시모와 악센트, 크레센도, 데크레센도, 디미누엔도 등 그가 사용한 극적인 음악기호들은 한하운의 시적 시정을 음악 예술로 표현한 절창이라 할 수 있다.

대학 때만 해도 한여름 밤 옥상에 자리를 깔고 누워 있으면 먼 집 옥상에서 심한 비브라토를 구사하며 부르는 〈보리밭〉이 들려오곤 했다. 별이 빛나는 밤 옥상에서는 부르는 노래 소리는 확성기 이상으로 동네에 널리 울려 퍼졌다. 우리 동네엔 옥상의 가수 말고도 곽규석이 사회하는 〈전국노래자랑〉에 나가 〈보리밭〉을 불러 상을 받아온 인텔리 주부를 비롯하여 중앙일간지 주부란에 고정으로 글을 싣는 고상한 주부도 있었고 교회 안에는 평범하지 않은 주부들이 구성한 기타4중주단이라는 것도 있었다.

요즘은 보리밭을 따로 조성해서 추억의 보리밭길 걷기라는 행사를 연다고 한다. 대도시 중심가에는 도로 화단에 보리를 심기도 한다. 보리가 우리 국민의 가슴에 아련한 추억과 회상을 일으키는 정서적인 식물임에는 틀림 없는 것 같다. 보리가 화초로 격상한 것을 보면 격세지감이다.

한때 한국 가곡은 식자층의 애호가들을 거느렸다. 하지만 어느새 시대 감성을 따라가지 못하는 낡은 노래로 전락하고 있다. 가곡은 대중가요와 달리 교양적 음악어법으로 만들어진 것이다. 그러다 보니 대중의 저속한 취향을 따르지도 않았지만 작품의 개성을 드러내지도 못한 채 오랫동안 표준적인 양식의 틀에 갇혀 있었다. 한국 대중가요가 시대의 변화에 따라 능동적인 노래를 만들어내는 동안 가곡은 비슷한 양식의 상투적인 작품들만 양산하며 낡은 감성에 머물러 있었다. 1990년대 이후 한국 가곡은 공연무대에서 서서히 사라져갔다. 대중은 구식을 외면했다. 국민음악회라 할 수 있는 〈열린 음악회〉에서조차도 한국 가곡보다는 이탈리아 칸초네나 오페라 아리아를 더 많이 부른다. 가곡 불모의 시대는 한국 음악인들의 책임이 크다고 하겠다. 한국 가곡이 새로운 시를 발굴하는 노력과 시대에 따른 음악어법과 형식, 표현법 등의 변화를 시도하지 않는다면 영원히 대중들에게 잊히는 장르가 될 것이다.

윤용하는 〈보리밭〉 외에도 〈도라지꽃〉 〈나뭇잎 배〉 등을 작곡했다. 〈나뭇잎 배〉는 아들에 대한 사랑이 남달랐던 엄마가 남동생을 재우며 부르곤 했던 곡이다. 어린 시절 아들을 위해 부르는 엄마의 자장가를 엿들으며 다른 사람에게는 단 한 점도 나눠주고 싶지 않은, 오롯이 한곳에만 애정을 집중하는 모습이 오히려 애잔해 보였다.

낮에 놀다 두고 온 나뭇잎 배는
엄마 곁에 누워도 생각이 나요
푸른 달과 흰 구름 둥실거리는
연못에서 사알살 떠다니겠지

〈나뭇잎 배〉와 〈도라지꽃〉은 8분의 6박자의 서정동요와 서정가곡으로 마음을 순화시켜 주는 노래이다. 노래가 너무 맑고 서정적이다 보니 슬퍼지기도 한다. 윤용하는 가난과 고독 속에서 주옥같은 동요와 가곡들을 만들어냈다. 그의 삶을 보면서 예술가의 가난과 고독이 위대한 작품을 만들어낸다는 명제를 다시 생각해보게 된다. 프랑스 속담에 이런 말이 있다. '행복한 사람들은 역사를 만들지 않는다.' 불편이 발명의 어머니가 되듯이 결핍은 인간 정신을 치열하게 만들어 위대한 예술작품을 생산해내는 원동력이 된다. 그렇다면 예술가의 불행도 큰 테두리에서는 행복의 일부라는 역설이 성립될 수 있다.

보리는 엄동설한을 이겨낸 식물이기에 생명과 자유와 낭만을 노래하는 소재가 될 수 있었고 그 강인함으로 사람의 건강을 지켜주는 곡식이 될 수 있었다. 1950~1960년대 고등학교 교과서에는 한흑구가 쓴 「보리」라는 수필이 실려 있었다. 한흑구는 강인한 의지와 기상을 지니고 있다는 보리를 너라는 2인칭으로 호명한다.

널리 알려져 있지 않지만 박화목의 시에 정세문이 곡을 붙인 〈보리밭길〉이라는 가곡도 있다. 못갖춘마디와 반음계적 선율을 사용해 화자의 설렘과 그리움의 정을 잘 표현한 곡이지만 피아노 반주가 선율을 충분히 떠받치지 못하는 아쉬움이 있다.

봄이 오고 있다. 빨리 원고를 끝내고 강가 보리밭 쪽으로 나가 걸어야겠다. 텅 빈 몸과 마음에 봄의 생기를 충전하고 싶다. 잔잔한 봄바람이 속삭이는 말을 올해는 놓치지 않고 꼭 들어봐야겠다.

논둑 위에 깔렸던 잔디들도 푸른빛을 잃어버리고, 그 맑고 높던 하늘도 검푸른 구름을 지니어 찌푸리고 있는데, 너, 보리만은 차가운 대기 속에서 솔잎 끝과 같은 새파란 머리를 들고, 머리를 들고, 하늘을 향하여, 하늘을 향하여, 솟아오르고만 있었다. 이제 모든 화초는 지심(地心) 속의 따스함을 찾아서 다 잠자고 있을 때, 너, 보리만은 억센 팔들을 내뻗치고, 새말간 얼굴로 생명의 보금자리를 깊이 뿌리박고 자라왔다. 칼날같이 매서운 바람이 너의 등을 밀고, 얼음같이 차디찬 눈이 너의 온몸을 덮어 억눌러도, 너는 너의 푸른 생명을 잃지 않았었다. (중략) 온 겨울의 어둠과 추위를 다 이겨내고, 봄의 아지랑이와 따뜻한 햇볕과 무르익은 그윽한 향기를 온몸에 지니면서, 너, 보리는 이제 모든 고초와 사명을 다 마친 듯이 고요히 머리를 숙이고, 성자인 양 기도를 드린다.

-한흑구, 「보리」 중

은발

해마다 늦가을이 되면 부쩍 나이 들어가는 기분을 느낀다. 낮의 길이가 짧아지고 한 해가 저물어간다는 생각 때문이다. 돌이켜보면 20~30대에는 나이 들어가는 것에 무척 조바심을 느꼈다. 그러나 오히려 나이가 들수록 이런 조바심은 조금씩 수그러들고 있다. 아마도 시간을 붙잡을 수 없다는 자연의 대 원리를 인정했기 때문이고, 나만 억울하게 세월에 떠밀려가는 것이 아니라는 걸 알았기 때문이며, 인생 또한 별거 아니란 것을 눈치 챘기 때문이다.

운 좋게도 나는 아직도 나를 젊은이로 대우해주는 장수 시대에 살고 있다. 하지만 이따금 만나는 친구나 동창들을 통해 거울을 보듯 자신의 모습을 짚어보게 된다. 나이를 심각하게 느낀 것은 어느 날 나도 다른 사람들과 다르지 않다는 것을 깨닫고 났을 때였다. 진정 늙는다는 것은 안주하고 만족하고 적당히 타협하는 상태에 이르는 것, 이것도 저것도 아닌 두루뭉술한 상태에 주저앉고 마는 것이다. 하지만 스스로를 덜 볶게 되면서 마음이 넓어지고 편안해지는 반대급부도 있는 것 같다.

예전엔 윗세대들의 외국어 발음을 촌스럽다고 비웃었는데 이젠 아랫세대들이 내 발음을 조롱하고 있다. 내가 상식으로 생각하는 지식을 아랫세대들이 전혀 특별한 지식으로 생각하거나 그들의 상식을 내가 전혀 새로운 것으로 받아들이고 있다. 이럴 때 나이 들어가고 있는 것을 느낀다. 앙드레 모루아(Andre Maurois)는 청년 시절에 올라가던 언덕을 같은 속도로 올라갈 수 없을 때, 눈에서 매혹적인 빛이 사라질 때, 승부는 끝나버렸다고 느낄 때, 잠시 잠깐 만에 노인이 되어버린다고 했다.

젊은 날의 추억들은 한갓 헛된 꿈이라
윤기 흐르던 머리 이제 자취 없어라
오 내 사랑하는 님 내 님
그대 사랑 변찮아
지난날을 더듬어 은발 내게 남으리

〈은발(Silver Threads Among the Gold)〉은 고등학교 1학년 음악 교과서에 실려 있었다. 우리말 가사는 원 가사를 번안한 것이다. 가끔씩 학생 때 배운 노래가 생각나 흥얼거리곤 한다. 아주 어릴 적 일들이 어제 일인 듯 생생하게 떠오르기도 한다. 언제부턴가 손 거울을 보다가 흰 머리카락을 한두 개씩 발견하기 시작한다. 처음엔 무심코 넘겼는데 머리카락을 들칠 때마다 유난히 반짝거리는 것들, 이것을 새치니 흰 머리칼이니 하고 넘어가기엔 아직 억울한 측면이 많다.

백발보다는 은발이라는 단어가 다소 위안이 된다. 같은 말이라도 표현에 따라 추함과 아름다움으로 갈린다. 이백의 시 「추포가(秋浦歌)」는 대륙인다운 과장법이 두드러진다. "백발이 삼천 길 白髮三千丈 / 수심으로 이토록 길었나 緣愁似箇長 / 알 수 없구나 거울 속 모습 不知明鏡裏 / 어디서 가을 서리를 얻었던고 何處得秋霜." 덧없이 늙어가는 것을 한탄하는 노래이다. 서럽고 슬픈 시인의 수사가 가슴에 와닿는다.

오스카 와일드(Oscar Wilde)는 『도리언 그레이의 초상(The Picture of Dorian Gray)』에서 영원한 젊음과 아름다움을 원하는 청년 도리언을 내세워 인간의 욕망을 보여준다. 도리언은 초상화가 대신 늙어간다면 영혼이라도 바치겠다고 중얼거린다. 자신의 인격을 초상화에 대신 새기고 그는 젊음과 매력적인 용모를 유지하며 살아간다.

Darling, I am growing old 내 사랑, 나는 늙어가고 있소

Silver threads among the gold 금발 사이에 은발이

Shine upon my brow today 오늘따라 유난히 이마에서 빛나고 있소

Life is fading fast away 인생은 빠르게 사라지지만

But, my darling, you will be 내 사랑, 당신은 그렇지 않아

Always young and fair to me 언제나 내겐 젊고 아름다워

Yes, my darling, you will be 그래요 내 사랑, 당신은

Always young and fair to me 언제나 젊고 아름다워

〈은발〉은 평생을 함께 한 노부부의 황혼을 한 폭의 그림처럼 그리고 있다. 황혼이혼이라는 기사가 심심찮게 나오는 시대이지만 노래 가사처럼 다정하게 늙어가는 부부들도 많다. 가사를 음미하다 보면 잔잔한 감동이 밀려온다. 독백과 대화체로 이루어진 가사에는 존중과 사랑의 감정이 담겨 있다. 시간 속을 덧없이 방황하지 않고 평화로운 삶을 가꾸어온 부부의 모습이 그지없이 아름답다. 한데 이 노래의 가사를 쓴 사람은 렉스포드(Eben E. Rexford, 1848~1916년)라는 18세의 대학생이었다. 그는 학비를 벌기 위해 인생의 굴곡을 다 겪어 본 원숙한 시인처럼 〈Growing Old〉라는 가사를 썼고, 이것은 1873년 노래로 만들어졌다.

아마도 렉스포드는 대가족 속에서 조부모의 사랑을 받고 자랐으며 그들이 서로 다정하게 늙어가는 모습을 오래 보아 왔으리라. 나 또한 고등학생이었지만 가사가 주는 의미를 충분히 공감하였다. 도약하고 하강하는 멜로디는 이들의 삶이 그저 평탄하기만 한 것이 아니라 굴곡진 사연이 많았다는 사실을 알려준다.

흔히 행복의 조건으로 안정된 결혼생활을 꼽는 경우가 많다. 고독하게 늙어가는 것만큼 불행한 일은 없다. 결혼은 사랑으로 시작해서 파트너십, 프렌드십으로 변화하고 발전해나가는 것이다. 그도 정 어려우면 전우애로 가는 것이 결혼이라고 한다. 험한 세상 격전지마다 전우와 함께 싸우며 이겨나가는 것이다. 동포애로 살

아간다는 사람도 있다. 이 말의 의미가 찡하게 다가온다. 사랑은 변화하고 성장하는 것이다. 시간이 갈수록 사랑은 약화되지만 정은 굳건해진다. 또 오로지 사랑함으로써 사랑을 배울 수 있다고도 했다. 〈은발〉은 1930년대까지 미국인들의 애창곡 1위에 뽑힐 만큼 인기 있는 곡이었다. 에디슨이 최초로 발명한 실린더 식 축음기에도 녹음될 정도였다.

예이츠는 「비잔티움 항해(Sailing to Byzantium)」의 첫 구절을 이렇게 시작한다. "그것은 노인을 위한 나라가 아니다." 사실 노인을 위한 나라는 어디에도 없다. 젊은이야말로 국가의 동력이다. 하지만 영화 〈은교〉의 대사처럼 젊음이 노력으로 받은 상이 아니듯 늙

〈은발〉의 가사처럼 평생을 함께하였지만 여전히 서로를 세상에서
가장 사랑스럽게 바라보는 노부부의 모습이 아름답다

음 또한 잘못으로 받은 벌이 아니다. 예이츠는 나이 들어가는 것에 대해 많은 시를 쓴 시인이다. 「그대가 늙거든」 「오랜 침묵 끝에」 「지혜는 시간과 더불어 오다」 「젊음과 늙음」 등 그의 시를 읽고 있으면 노년이란 오랜 세월 축적해 온 경험과 지혜가 빛나는 시기이며 이를 통해 인생의 진리 속으로 이울어드는 결실의 시기라는 것을 알 수 있다.

어느 출판사에서 『유쾌하게 나이 드는 법』과 『불량하게 나이 드는 법』이라는 책을 동시에 내놓은 적이 있다. 세련되고 지혜롭게 늙어가는 법과 나이를 초월해 자유를 만끽하며 본능에 충실한 삶을 살자는 상반된 내용의 책이었다. 요즘은 모든 척도를 물질적이고 표피적인 것에 두다보니 젊게 사는 법도 외모 가꾸기 중심으로 가고 있다. 이 시대 사람들은 자기 정체성을 육체에 두기 때문이다. 자기관리라는 말이 외모 가꾸기로 변질되어 사용된 지는 오래이다. 하지만 젊게 산다는 것은 청년의 번민과 불안이 사라진 만큼 정신적으로 더 안정되고 풍성한 삶을 산다는 뜻일 것이다.

브레드 피트가 주연한 〈벤자민 버튼의 시간은 거꾸로 간다(The Curious Case of Benjamin Button)〉라는 영화가 있다. 미국 작가 스콧 피츠제럴드(F. Scott Fitzgerald)의 원작을 각색해 만든 영화로, 칠십 노인으로 태어난 아이가 거꾸로 성장해가는 이야기이다. 엉성한 머리칼과 물기 어린 눈, 누렇게 변색된 치아를 가지고 태어난 노인이 갈수록 젊어져 활기 넘치는 청년이 되고 아름다운 여자와 사랑을 하고 아이를 낳고 점점 더 어려져 아이가 되고 마침내는 아기가 되어 죽어간다. 피츠제럴드는 벤자민 버튼의 최후를 이렇게 쓰고 있다.

배고프면 울었다. 그는 그저 숨을 쉬었고, 그의 위에서 부드러운 중얼거림과 소곤거림만이 간간이 들려왔다. 그리고 희미하게 구분되는 냄새들, 빛과 어둠. 그리고 모든 것이 어두워졌다. 하얀 아기 침대와 그의 위에서 움직이던 흐릿한 얼굴들, 우유의 따뜻하고 달콤한 내음, 그 모든 것들이 한꺼번에 그의 마음에서 점점 희미해지다 사라졌다.

아기가 되어 조용히 죽어가는 모습이 늙어서 죽어가는 모습과 다를 바 없는 것 같다. 사라지는 순간은 모두 아련하고 슬프다. 처음에 이 작품은 가볍고 흥미로운 판타지로 시작하지만 갈수록 젊음과 영원한 삶, 존재의 덧없음에 대해 무거운 질문을 던진다. 탄생과 죽음, 젊은이의 활기와 미숙함, 늙은이의 무기력함과 평온함에서 발견되는 대칭들이 왠지 아프고 심각하다. 인생이 이처럼 누군가가 연출하는 연극 같은 것이라면 정말로 허무하지 않은가. 그래도 시간을 거꾸로 돌릴 수만 있다면 얼마나 좋을까. 가능하다면 나는 다시 중학생으로 돌아가고 싶다.

언젠가 과학이 시간마저도 정복하는 시대가 올 것이다. 하지만 시공을 초월하는 것은 지금도 우리 마음속에서는 언제나 가능하다. 특히 노래는 시간과 공간을 뛰어넘어 한 시절 행복했던 때로, 혹은 미래의 아름다운 세계로 우리를 데려간다. 마음의 시간은 엄청난 탄성을 가지고 있기 때문이다.

근처에 사는 친구와 오랜만에 만나 점심을 먹었다. 식사를 하면서 그녀가 이런 말을 했다. 요즘 들어 왜 자꾸만 고등학교 때 배운 〈은발〉이라는 노래가 생각나는지 모르겠다고. 우리말 가사, 영어 가사가 오롯이 떠올라 이따금 부르곤 한다고 했다. 은근히 놀랐다. 사실은 내가 그랬다. 제대로 나이를 먹는다고 그런지 옛날에 배운 이 노래가 자꾸만 떠올라 혼자 흥얼거리곤 했다.

나이 드는 것과 늙는 것은 같은 것이 아니라고 한다. 나이 드는 것은 자연의 법칙을 따르지만 늙는 것은 의지에 달려 있다. 지성과 정신의 나이는 물리적인 법칙과 전혀 상관이 없다. 이 시대는 자연나이, 신체나이에는 민감하지만 '늙지 않는 지성의 기념비'엔 관심이 없는 것 같다. 언젠가 나도 노인이 될 것이다. 하지만 마음 한구석에 아이의 천진함과 수줍음, 청년의 왕성한 호기심을 간직한 채 늙어가고 싶다. 그리고 누가 뭐라 해도 아름다움이란 지성과 선이 수반되어야 한다는 확신을 간직하며 살아가고 싶다. 이렇게 간다면 나이 드는 것도 과히 나쁘지만은 않으리라.

∴ 에필로그

노래여, 황금빛 시절로 데려다주오

녹음이 짙어가는

초여름 햇볕 속에

어느 산간 지방에

어느 고원지대에

가난하여도 착하게 사는 이들 사이에

떠오르고 있다

빛나고 있다

김종삼, 「음악」 중

시각을 잃는 것보다 청각을 잃는 것이 더 큰 불행이라고 한다. 들리지 않는 세계는 보이지 않는 세계보다 훨씬 복잡하고 불안한 상황들을 만들어내기 때문이다. 우리는 들을 수 있고 노래 부를 수 있는 행복 속에 산다.

노래는 소리로 펼치는 풍경이다. 조용히 귀를 열고 공기의 진동으로 전해오는 소리의 결을 감지한다. 눈을 감으면 선율이 만들어내는 드넓은 풍경이 펼쳐진다. 청각의 세계는 시각의 세계 이상으로 광대하고 무한한 차원으로 이루어져 있다.

노래는 듣는 것보다 부르는 것에 더 의미가 실린다. 노래 부르는 것은 나와 세계 사이에 이루어지는 새로운 음악 현상이다. 노래 부르는 순간 들을 때와는 전혀 다른 공간이 열린다. 공간은 계속적으로 전개되고 확장된다. 노래는 드넓은 세계로 나를 이끈다. 노래 부르는 것을 통해 자신의 실존을 느끼고 우주와 삶의 무한함을 깨닫는다.

정신적 풍요보다 물질적 풍요를 우선시하면서 우리 사회는 소득이 낮고 가난했던 때보다 더 불안하고 각박해졌다. 자본이 지배하는 불확실한 시대 속에서 대부분의 사람들은 돈을 위해 시간과 정열을 바치며 산다. 지나친 경쟁과 스트레스는 시기하고 질투하는 사회를 만들어냈고 우리는 고스란히 그 폐해 속을 허우적거리며 허기진 삶을 살고 있다. 하지만 돈이라는 것은 기본적인 필요를 충족하고 나면 정신적 행복에 별 영향을 미치지 못한다. 그래서 지금은 진정한 풍요를 위해 노래가 주는 기쁨과 유대할 시간이다.

지나간 시대의 노래들은 대부분 가사의 의미에 무게를 싣고 있었다. 그러나 가락과 곡조 또한 그 시대를 말해주는 문장이었다. 가사의 뜻과 곡조가 어우러져 한 시대를 살아온 대중의 정서와 상상력을 보여주었으며 그 시대의 노고와 감동을 고스란히 전해주었다. 특히 외국 민요는 우리에게 문화적 영향력을 미친 나라의 노래가 주를 이루었지만 낯설지 않았으며, 국적과 민족을 떠나 인류 공통의 요소를 담아내고 있었다. 그리고 어느새 우리의 노래가 되었다.

노래는 열려 있는 소통의 장르이다. 가난하거나 부유하거나, 귀하거나 천하거나 상관없이 노래는 모든 이들에게 햇살처럼 골고루 혜택을 베풀어준다. 슬픔과 괴로움, 갈등과 번민도 노래 속에 흘러갔다. 삭막한 시간들을 노래로 견디고 이겨왔다.

노래는 추억을 불러일으킨다. 노래는 아름다운 과거를 불러와 현재를 환기시킨다. 노래는 흩어져 있는 마음을 모으고 정화시킨다. 노래는 지루하고 단조로운 삶의 순간마저도 빛나게 만든다. 경제적 효용 가치는 없지만 무엇보다 삶을 풍성하게 만드는 것, 노래가 주는 위로 없이는 인생의 의미도 퇴색한다.

나는 노래 부르길 즐긴다. 기쁠 때나 슬플 때나 노래 부른다. 봄이면 봄노래를 여름이면 여름 노래를 가을이면 가을 노래를 부른다. 냄비를 태웠을 때는 '탈대로 다 타시오' 홍난파의 〈사랑〉을, 예쁜 새가 지저귀고 있으면 'Why Do Birds Suddenly Appear' 카펜터즈의 〈Close to You〉를, 먼 곳으로 강의하러 갈 때는 〈끝이 없는 길〉을 부른다. 부른다기보다 저절로 흘러나온다. 노래를 부르고 있으면 무슨 좋은 일이 있느냐고 묻는 사람도 있다. 그냥 부른다. 노래는 어느새 소소하고 당연한 삶의 일부가 되었다.

노래는 고독한 자의 대화, 낙원에 대한 향수,

노래는 따뜻한 공기를 채운 비행선처럼 천천히 공중으로 떠오른다.

노래는 순수이고 정감이다.

노래는 저항이며 윤리이다.

노래는 열려 있는 창, 멋진 꿈이다.

노래의 시대
– 인문학의 프리즘으로 들여다본 대중가요

1판 1쇄 발행 2015년 5월 8일

지은이 서영처
펴낸이 이영희
펴낸곳 도서출판 이랑
주소 서울시 마포구 독막로 10 (합정동 373-4 성지빌딩) 608호
전화 02-326-5535
팩스 02-326-5536
이메일 yirang55@naver.com
페이스북 www.facebook.com/yirang5535
등록 2009년 8월 4일 제313-2010-354호

ISBN 978-89-98746-10-0 (03810)

「이 도서의 국립중앙도서관 출판시도서목록(CIP)은 서지정보유통지원시스템 홈페이지(http://seoji.nl.go.kr)와
국가자료공동목록시스템(http://www.nl.go.kr/kolisnet)에서 이용하실 수 있습니다.
(CIP제어번호: CIP2015009275)」